REIVINDICADA PELOS ALFAS

PROGRAMA INTERESTELAR DE NOIVAS:
LIVRO 4

GRACE GOODWIN

Reivindicada pelos Alfas

Copyright © 2020 Grace Goodwin

Publicado por Grace Goodwin pela KSA Publishing Consultants, Inc.

Capa: KSA Publishing Consultants, Inc.
Créditos das imagens/fotografias: Deposit Photos: nazarov.dnepr, magann

Todos os direitos reservados. Nenhuma parte deste livro pode ser reproduzida de qualquer forma ou por qualquer meio eletrônico ou mecânico, incluindo sistemas de armazenamento e recuperação de informações - exceto no caso de trechos breves ou citações incorporadas em revisão ou escritos críticos, sem a permissão expressa do autor e editora. Os personagens e eventos deste livro são fictícios ou são usados de forma fictícia. Qualquer semelhança com pessoas reais, vivas ou mortas, é pura coincidência e não pretendida pelo autor.

Aviso sobre a tradução: algumas expressões e piadas são quase impossíveis de serem traduzidas ipsis litteris para o Português. Portanto, a tradução foi feita para manter a expressão/sentença o mais próximo possível do idioma original.

Esta é uma obra de ficção, com o intuito apenas de entreter o leitor. Falas, ações e pensamentos de alguns personagens não condizem com os pensamentos da autora e/ou editor. O livro contém descrições eróticas explícitas, cenas gráficas de violência física, verbal e linguajar indevido.
Indicado para maiores de 18 anos.

1

eah

Eu tentei lutar contra os sentimentos. Juro que tentei, mas o pênis que me preenchia era simplesmente bom demais. Eu até tentei me debater contra *ele*, mas tudo o que eu consegui foi um par de algemas de couro no meu pulso. Eu estava de quatro e tinha o meu corpo pressionado contra uma mesa estranha e macia. As minhas algemas estavam ligadas a argolas, presas ao chão para que eu não pudesse me mexer. Puxei uma e outra vez, mas aquilo não cedia. O meu traseiro estava totalmente inclinado para cima, o pênis do meu parceiro estava totalmente enfiado em mim. Era como se eu estivesse atada a um cavalo de madeira estranho enquanto alguém me *cavalgava*. Eu estava totalmente à sua mercê e não podia fazer nada além de sucumbir ao poder do seu corpo enquanto ele tomava o meu.

O seu pênis podia fazer parte dele, carne e osso – embora muito duro e muito grande – mas ele o empunhava como se fosse uma arma concebida para me fazer submeter. Depois que ele me preenchesse com o seu sêmen, depois que sua essência cobrisse as minhas paredes internas, preenchesse o meu útero, não haveria volta. Eu ansiaria pelo seu toque e pelo seu sabor. Eu iria *necessitar* que ele me preenchesse, possuísse e tomasse eternamente o meu corpo. Agora, com ele alargando-me habilmente, com o meu traseiro exposto queimando devido ao ardor da sua mão e a minha boceta em chamas devido ao toque da sua língua experiente, eu já não queria resistir a ele.

Eu antes tinha medo. Agora, eu só sentia fome. Dor.

Ele não era cruel; na verdade, era mais ao contrário. Enquanto o pênis do meu parceiro se movimentava dentro de mim, preenchendo-me totalmente por trás antes de recuar, uma e outra vez, o meu medo se dissipava. Agora, eu era dele. Ele me possuiria, de corpo e alma, mas ele era forte, um guerreiro. Ele iria proteger-me. E foder-me. Ele me manteria na linha com a sua mão firme, mas também me daria prazer, segurança e um lar. Todos estes pensamentos invadiram a minha mente enquanto este macho poderoso me tornava sua para sempre; o seu pênis invadia o meu corpo, vez após vez, enquanto eu me abria para ele.

As suas mãos enormes roçaram as minhas costas antes de se inclinar, cobrindo-me com o calor da força de um guerreiro, descansando os seus dedos ao lado dos meus no lugar onde eu estava algemada à mesa. Quanto mais ele me tomava, mais ele apertava as algemas e mais brancos ficavam os seus nós dos dedos.

O seu peito escorregadio estava estendido sobre as minhas costas, prendendo-me contra o banco, intensificando a sensação de que estava presa. Eu não conseguia escapar à sua respiração brusca, aos sons de prazer que lhe escapavam dos lábios, visto que eles soavam diretamente no meu ouvido.

— Sente isto? — rosnou ele, mexendo os quadris e acertando no meu útero com a ponta grossa do seu pau. Ele era exímio na arte de acariciar lugares secretos e sensíveis no mais profundo do meu corpo, fazendo-me estremecer, deixando a minha mente vazia e submetendo-me totalmente a ele. Não havia mais ninguém que me fizesse sentir assim. Mais ninguém tinha trazido o meu corpo ao ápice do prazer mais delicioso.

Enquanto eu era colocada sobre o banco, os meus seios ficavam caídos e ansiavam por ser tocados. O meu clítoris estava inchado e se ele somente roçasse sobre ele com a ponta do seu dedo, eu gozaria. Mas, por agora, ele não o permitiria. Ele não o permitiria até que eu cedesse, até que eu implorasse.

Eu não consegui reprimir o *Sim* ofegante que me escapou dos lábios. Eu conseguia ouvir os sons úmidos da foda – o sinal evidente da minha excitação – preenchendo o cômodo.

— Você temia o meu pau, mas ele só dá prazer. Eu disse que caberia, que encaixaríamos de forma perfeita. — Ele falou enquanto me fodia. Como é que ele conhecia tão bem o meu corpo se esta era a nossa primeira vez? Eu nunca tinha gozado com um pênis, apenas ao roçar o meu clítoris na cama, sozinha. Mas agora, essa tarefa pessoal me seria negada. O meu parceiro insistia que eu nunca mais gozasse sem a sua permissão. Se eu quebrasse essa regra, levaria palmadas durante muito tempo e com muita força. Agora, isso lhe pertencia, eu gozaria conforme a sua vontade, pela sua língua, pela sua mão e pelo seu pau enorme... ou não gozaria.

— O teu prazer é meu.
— Sim. — Respondi.
— Eu sinto você me apertar.
— Sim — gritei, comprimindo-o mais uma vez. Foi tudo o que consegui dizer porque eu já não tinha mais o controle. Eu estava totalmente à sua mercê e tudo o que eu queria era fazer exatamente o que ele ordenava.
— Não gozará até eu te dar permissão. — Ele levantou as suas mãos da mesa para acariciar os meus seios, primeiro uma carícia suave e, depois, um puxão firme e um beliscão que me fez suspirar enquanto ele me possuía com força, rápido e profundamente. Era um misto de dor e prazer que ele suscitava em mim e eu amava isso. — Você é minha. E a tua boceta é minha.
— Sim. — repeti, uma e outra vez.

Ele não parou de me cavalgar, foder, preencher e tomar. Possuir-me. Cada vez mais alto eu me sentia, até atirar a minha cabeça para trás e para frente e agarrar as algemas com um desespero tão grande que temi que o meu coração fosse explodir para fora do meu peito. Eu não conseguia respirar. Não conseguia pensar. Não conseguia resistir. Eu estava ali mesmo... ali. A mão do meu parceiro roçou pelo meu corpo, descendo por meu quadril, vagueando pela pele roliça e suave do meu corpo até chegar ao meu clítoris. Ele traçou as pontas com o seu dedo e o som que saiu da minha garganta foi o grito suave de uma criatura em agonia, frenética e perdida. Não existia nada para mim além do seu corpo, da sua voz, da sua respiração e do seu toque.

— Goze agora. — ele ordenou, o seu pau parecia um martelo, os seus dedos eram bruscos e implacáveis no meu clítoris.

O meu orgasmo explodiu no profundo do meu ser, não tendo outra opção. Eu não conseguia resistir... Eu não tinha controle algum. Eu já não me pertencia, eu era dele. Gritei, tendo um orgasmo, o meu corpo comprimia-se e libertava-se em seu pênis, puxando-o mais para dentro, enfiando-o totalmente dentro de mim. Era como se o meu corpo ansiasse pela sua essência vital, como se estivesse desesperado por isso.

O meu orgasmo desencadeou o dele e eu senti o seu pênis inchar e ficar ainda maior antes de ele rosnar ao meu ouvido, jatos quentes do seu sêmen preenchendo-me. O meu corpo ordenhou avidamente a essência vital do seu pênis, levando-a para o profundo do meu ser.

Tal como ele tinha prometido, havia alguma coisa no seu sêmen que desencadeava uma reação física em mim, obrigando-me a ter um segundo orgasmo.

— Sim, amor. Sim, toma cada gota. O teu corpo está mudando. Ele me conhece. Ele precisa me ter. Você vai implorar pelo meu pau; vai ansiar por minha porra. Vai precisar disto, amar isto, tal como eu preciso e amo você.

— Sim! — Eu gritei novamente, sabendo que as suas palavras eram verdade. Era um ducha quente de prazer que escorria pelo meu corpo, diretamente da minha boceta, e depois, para fora. Ele estava certo; agora que eu tinha sentido o seu poder, o que ele podia me dar, eu era uma escrava daquilo. Eu era uma escrava do seu pau.

— Srtª Adams?

— Sim — disse uma vez mais, o meu sonho se fundindo com o presente.

— Srtª Adams, o seu teste terminou.

Eu balancei a cabeça. Não. Eu estava algemada a um banco maldito e sendo fodida e preenchida com sêmen. Eu queria permanecer ali. Eu queria... mais.

— Srtª Adams!

A voz agora era severa e elevada. Obriguei os meus olhos a abrirem.

— Oh, Deus. — arfei, tentando recuperar o meu fôlego enquanto a minha boceta se comprimia e pulsava devido aos choques do meu orgasmo. Eu não estava algemada a um maldito banco. Não havia nenhum corpo masculino sólido pressionado contra as minhas costas. Eu estava no centro de processamento do Programa Interestelar de Noivas, vestida com uma bata de exame médico. Os meus pulsos estavam presos por algemas médicas que estavam fixadas nas pontas de uma cadeira reclinável totalmente desconfortável, semelhante à de um dentista, para efetuar a última fase de preparativos para sair do planeta. Eu não tinha entendido quando eles colocaram os fios e os sensores que eu acabaria por ter um sonho erótico. Eu conseguia sentir os efeitos prolongados daquilo. A minha boceta estava molhada, a parte de trás da minha bata médica áspera estava úmida. Os meus mamilos estavam endurecidos e as minhas mãos estavam cerradas em punhos. Eu me sentia consumida e usada. Sentia-me completa.

— Como eu disse, o seu teste terminou. — A Guardiã Egara estava de pé, diante de mim. Uma mulher séria com cabelos castanhos e uma atenção de falcão capaz de observar os mínimos detalhes do processo de emparelhamento, olhava para baixo, para o seu tablet, enquanto o seu dedo passava por ele. — O teu parceiro foi escolhido.

Lambi os meus lábios secos enquanto tentava abrandar o meu coração frenético. Arrepios irradiavam por toda a minha pele suada. — O sonho... ele foi real?

— Não foi um sonho. — respondeu ela em um tom prático. — Nós utilizamos dados sensoriais gravados por noivas anteriores para nos auxiliar no processo de emparelhamento.

— O quê? — Dados gravados?

— Uma unidade de neuroprocessamento ou UNP vai ser inserida no seu crânio antes que saia da Terra. Te ajudará na linguagem e a se adaptar melhor no teu novo mundo. — Ela sorriu neste momento e a visão era assustadora e estranha. — A UNP está programada para gravar o teu acasalamento e enviar dados de volta para o nosso sistema.

— Vai me gravar com o meu novo parceiro?

— Sim. É requerido pelo protocolo de emparelhamento. Todas as cerimônias de reivindicação são revistas para garantir que as nossas noivas sejam colocadas em segurança e de forma adequada. — Ela colocou o tablet de lado e eu pude ver a sua gola rígida e a saia engomada do seu uniforme. Não havia uma única ruga, nem um único fio de cabelo fora do lugar no seu coque *chignon* apertado. Ela quase parecia um robô. Mas o fogo nos seus olhos traía o fervor e a dedicação dela para com o seu dever. A sua devoção ao programa ficou totalmente evidente com as suas palavras seguintes.

— Nós fazemos tudo o que está ao nosso alcance para garantir que os nossos guerreiros recebem noivas dignas.

Eles nos servem, protegendo a Terra e todos os planetas membros da destruição plena. O sistema utiliza as reações do teu corpo para sondar a tua consciência interna, as tuas fantasias mais sombrias, as tuas necessidades mais profundas. Aquilo que não te interessa foi rapidamente descartado pelo programa de emparelhamento. O input sensorial foi filtrado até encontrarmos um guerreiro de um planeta com um emparelhamento perfeito.

Aquele tinha sido o meu parceiro? Certamente que não. — Eu não posso ser emparelhada com um homem que me algeme. Não era isso que eu queria quando me voluntariei.

A sua sobrancelha escura ergueu-se ao ouvir aquilo. — Aparentemente, Srtª Adams, isso é exatamente aquilo que você deseja. Os testes revelam a verdade, mesmo que a sua mente a negue.

Eu pensei nas suas palavras enquanto ela se movia ao redor da maca e se sentava no lado oposto. O uniforme cristalino do Programa Interestelar de Noivas combinava com a sua atitude fria. — O teu caso é bastante incomum, Srtª Adams. Embora tenhamos algumas voluntárias, nunca tivemos uma com os seus motivos.

Olhei de relance para a porta fechada por um instante, preocupada, pensando que talvez ela tivesse ligado para o meu noivo e mandado chamá-lo. Um pânico enorme me fez começar a puxar as algemas.

— Não se preocupe. — disse ela, levantando uma das mãos para me impedir. — Está segura aqui. Embora tenha dito que os hematomas no seu corpo são devido a uma queda, eu considerei que era necessário garantir que ninguém pudesse vê-la antes de ser enviada para fora do planeta.

É óbvio que a Guardiã Egara não acreditou na minha história ridícula e eu fiquei mais tranquila ao sentir a sua veemência em me proteger. Eu nunca tinha esquiado em toda a minha vida. Eu nem sequer vivia perto de uma montanha, mas foi necessária uma desculpa razoável para os hematomas no meu corpo e aquilo foi a primeira coisa que me ocorreu.

Embora eu presumisse que os hematomas fossem descobertos, eu não fazia ideia de que me despiriam totalmente para efetuar exames médicos, e que depois seria vestida com uma bata hospitalar e me submeteriam à visualização de imagens e vídeos absolutamente inadequados. Eu devo ter adormecido, visto que eu não poderia ter imaginado nada daquilo sozinha.

— Obrigada. — respondi.

Eu não estava habituada a que as pessoas fossem amáveis comigo. Ela permaneceu em silêncio, como se estivesse à espera que eu lhe contasse a verdade. Eu queria partilhar aquilo que agora sabia sobre o meu noivo? Ele tinha sido tão amável, tinha me deixado nas nuvens, até eu descobrir a verdade. Eu ouvi por acaso ele dizer a um dos seus homens para matar alguém que lhe tinha arruinado uma das suas vendas de imóveis. Eu pensava que os homens que estavam com ele eram funcionários, guarda-costas, mas na verdade, eles eram executores, homens que ele usava para intimidar e matar. Assim que eu aceitei casar com ele, ele colocou dois dos seus homens como meus *guarda-costas* pessoais. Ainda assim, eu acreditei que o motivo disso era simplesmente pelo fato de ele ser rico e de eu precisar de proteção adicional. Eu achava que ele era atencioso e cuidadoso, sempre olhando por mim. Ah! Fui tão *estúpida*. Fui mais estúpida ainda quando lhe disse que estava com dúvida quanto ao nosso casamento. Ele tornou-se totalmente agressivo, agarrou-me e disse que nunca me deixaria. Nunca.

Quando ameacei partir, ele explicou calma e apaixonadamente que eu lhe pertencia. Que eu era propriedade dele a partir do momento em que ele tinha colocado um anel de noivado no meu dedo. Que ele mataria qualquer pessoa que eu beijasse, torturaria qualquer homem que me tocasse e que, depois, me castigaria por causar aquele problema.

Eu soube, então, que tinha de ir embora, mas eu tinha que encontrar uma forma de fugir. Eu tinha ido até o centro comercial no meu carro, como se fosse um dia como os outros. Os homens que me vigiavam sempre estacionavam o seu carro ao lado do meu, seguiam-me pelo centro comercial, mas permitiam-me vaguear pelo interior das lojas sozinha. Por via das dúvidas, fui diretamente para o departamento de *lingeries*, onde eu sabia que eles sempre recuavam, depois, passei por muitas outras lojas, deixando o meu celular entre duas prateleiras de roupa. Corri até a parada de ônibus e peguei um para o outro lado da cidade. A partir daí, apanhei um táxi para o centro de processamento do Programa Interestelar de Noivas.

Eu já não tinha família ou amigos. Quando começamos a namorar, ele começou a eliminar sistematicamente todas as pessoas com as quais eu me preocupava antes de o ter conhecido. Um a um, ele foi dando motivos pelos quais eles deixavam de ser adequados, pelos quais eles haviam se tornado contatos que já não eram aceitáveis. Eu agora estava total e completamente sozinha no mundo, à sua mercê. Ele até me convenceu a desistir do meu trabalho, portanto, eu não tinha nenhum dinheiro meu.

Deus, até um alienígena era melhor do que um homem psicótico e possessivo cuja noção de castigo envolvia a prática de boxe, eu sendo o saco de pancada. Eu tinha sofrido uma vez. Nunca mais. Eu podia ter sido tola, ingênua e até um pouco apaixonada, mas não mais.

Eu olhei por cima do ombro durante toda a viagem até o centro de processamento, com medo que eles me localizassem e me impedissem antes de eu conseguir entrar no edifício. Assim que entrei, senti-me segura, mas não me sentiria totalmente fora do seu alcance até sair do planeta. Só aí, eu seria capaz de respirar calmamente, certa de que o meu noivo nunca me encontraria.

Eu tinha ouvido falar sobre o Programa Interestelar de Noivas há mais de um ano; sabendo que a maioria das mulheres que participava era prisioneira que procurava uma alternativa à dura sentença de prisão. Eu tinha ouvido falar que algumas eram voluntárias, mas que nenhuma delas podia voltar. Uma vez emparelhada com um guerreiro alienígena e enviada para fora do planeta para o seu parceiro, elas deixavam de ser cidadãs da Terra e não podiam voltar. No início, isso parecia assustador e ridículo. Quem seria capaz de se *voluntariar* para sair da Terra? Quão ruim seriam as suas vidas para fazer algo assim? Agora eu sabia. A vida de uma mulher podia tornar-se muito, *muito* ruim.

Eu precisava ficar o mais longe possível do meu noivo e eu tinha medo de não haver nenhum lugar na Terra que fosse longe o suficiente. Ele me encontraria, e depois...

Pensei que ele poderia ser a minha família. *Família.*

Ele me escolheu para ser sua mulher porque eu não tinha ninguém. Não tinha ligações, não tinha ninguém para me proteger, ninguém que me impedisse de casar com aquele idiota. Ele nunca seria a minha família. Ninguém na Terra me amava. Como voluntária do programa de noivas, eu estava feliz por saber que não podia voltar. Eu já não queria ficar na Terra. Não queria passar o resto da minha vida com um medo constante de que ele conseguisse me achar. E, por isso, eu ia sair do planeta, iria para o único lugar onde ele nunca seria capaz de me encontrar, nunca mais conseguiria me alcançar.

E, então, aqui estava eu, sentada, vestida com uma bata áspera, sob o escrutínio da Guardiã Egara.

— Tem alguma pergunta?

Lambi os meus lábios novamente. — Esse parceiro... como é que eu sei que ele vai ser... bom? — Embora eu tivesse sido submetida a vários exames para o emparelhamento, o meu único requisito era que ele fosse bom. Eu não queria ser emparelhada com um homem que me batesse. Se eu quisesse isso, podia simplesmente ficar aqui na Terra e casar com aquele idiota.

— Bom? Srtª Adams, percebo a profundidade da sua preocupação, mas o seu parceiro foi submetido aos mesmos exames. Na verdade, os guerreiros têm que, obrigatoriamente, ser submetidos a exames muito mais avançados do que as nossas noivas. Não precisa ter medo do teu parceiro, porque a tua mente subconsciente é o que determina o emparelhamento. As necessidades e desejos de ambos se completam. No entanto, deve se lembrar que um planeta diferente tem costumes diferentes. Uma cultura diferente. Vai ter de se adaptar a isso, rejeitar as tuas opiniões e noções antiquadas da Terra. Vai ter de pôr de lado o teu medo de homens. Deixa tudo isso aqui na Terra.

As palavras eram sábias, mas fazer aquilo não era assim tão simples. Eu seria cautelosa durante muito tempo, quanto a isso eu estava certa. — Para onde é que eu vou?

— Viken.

Franzi a testa. — Eu nunca ouvi falar desse planeta.

— Mmm. — ela respondeu, olhando para baixo, para o seu tablet. — Você é a primeira da Terra a ser emparelhada lá. Os sonhos que visualizou são de uma fêmea de outro planeta e do Viken que foi emparelhado com ela. Como pôde observar, ele era um amante cuidadoso, mas também rigoroso.

Corei ao lembrar-me.

— Com base neste exame, penso que o teu parceiro vai te satisfazer bastante.

— E se não for assim? — E se ela estivesse errada e ele fosse mau? Ele podia ser capaz de empunhar o seu pau como se fosse uma estrela da indústria pornográfica, mas e se ele só me quisesse como escrava? E se ele me batesse como o meu noivo?

— Tem trinta dias para mudar de ideia. — respondeu ela. — Mantenha em mente que foi emparelhada não só com um homem, mas com o planeta. Se não achar o teu parceiro aceitável depois dos trinta dias, pode pedir por outro guerreiro, mas vai permanecer em Viken.

Aquilo me parecia razoável. Suspirei, um pouco mais tranquila ao saber que no fim das contas eu poderia fazer a minha própria escolha – sem ser enviada de volta à Terra.

— Está satisfeita? — perguntou ela. — Tem mais

alguma pergunta? Há algum motivo para adiar o transporte?

Ela olhou para mim como se me oferecesse uma última chance. Chance essa que eu não aproveitaria. — Não. Não há nenhum motivo para adiar.

Ela acenou com a cabeça. — Muito bem. Para que conste, Srtª Adams, é casada?

— Não. — Se eu não tivesse conseguido escapar, estaria. Dentro de duas semanas.

— Tem algum filho?

— Não.

— Ótimo. — Ela deslizou novamente o dedo na tela. — Você foi formalmente emparelhada com o planeta Viken. Aceita o emparelhamento?

— Sim. — Respondi. Desde que o homem não fosse mau, eu iria para qualquer lado praa fugir do meu noivo.

— Por ter respondido afirmativamente, foi oficialmente emparelhada e será retirada a sua cidadania da Terra. Agora e para sempre será uma noiva de Viken. — Ela olhou para baixo, para a tela e deslizou o dedo. — De acordo com os costumes Viken, é necessário efetuar algumas modificações no teu corpo antes do transporte.

A Guardiã Egara se levantou e deu a volta para ficar ao meu lado.

— Modificações? — O que é que isso significava? O que ela ia fazer?

Ela apertou um botão na parede, sobre a minha cabeça, o que fez com que ela deslizasse e abrisse. Olhando sobre o meu ombro, eu não conseguia ver nada além de uma luz azul suave. O que eu pude notar foi um braço enorme que se estendia para fora da parede com uma agulha presa a ela. — O que é aquilo?

— Não precisa ter medo. Estamos simplesmente implantando as suas UNP, às quais todas as noivas precisam. Fique calma. Só leva alguns segundos.

O braço robótico veio na minha direção e espetou o meu pescoço. Estremeci, surpresa, mas, na verdade, aquilo não doía. Nada daquilo doía. Enquanto a cadeira se movimentou para trás, para dentro de uma sala com a tal luz azul, eu sentia-me relaxada, calma e sonolenta.

— Já não tem nada a temer, Srtª Adams. — Enquanto a cadeira me descia para dentro de uma banheira quente, ela acrescentou: — O seu processamento começará em três... dois... um.

2

rogan

— Nós passamos quase trinta anos separados. Não vejo qual é a necessidade de ficarmos juntos agora. — Cruzei os braços sobre o peito enquanto olhava para o outro lado da sala, para os dois homens que pareciam idênticos a mim. Meus irmãos. Um tinha um cabelo bastante longo, que ia muito além dos ombros, o outro tinha um corte bastante curto, rente à cabeça, com uma cicatriz que atravessava a sua sobrancelha direita, mas fora isso, era como se estivesse olhando para um espelho. Ao longo de toda a minha vida, eu soube que era um trigêmeo, sempre soube que tínhamos sido separados desde bebês. Até sabia o porquê.

— As Guerras de Setores aconteceram quando vocês eram bebês. Depois da morte dos seu pais, foi decidido que o melhor era separá-los. Cada um foi enviado para governar um dos três setores, de modo a manter o equilíbrio do poder do sangue real e acabar com a guerra. — O Regente Bard olhou para cada um de nós. Ele era pequeno e frágil, mas bastante poderoso. Poderíamos tê-lo matado facilmente com as nossas próprias mãos, mas sabíamos que a sua morte não mudaria o rumo dos acontecimentos. Eu sabia, portanto, a carnificina era desnecessária. Visto que ele ainda estava respirando, concluí que os meus irmãos tivessem chegado à mesma conclusão. Mas nenhum de nós tinha que gostar disso.

De pé, ao lado do regente, estava o seu segundo em comando, Gyndar. O regente só fez uma introdução simples, mas aparentemente, o homem deveria permanecer em silêncio e fazer o que o regente mandasse. Ele não era um jovem escudeiro, inexperiente e ávido, mas sim, um homem idoso com uma atitude séria e calma. Ele era comum, o que o tornava bastante bom no seu trabalho. Os meus espiões mantinham-me informado quanto ao que o regente fazia, e Gyndar desempenhava um papel importante como intermediário e negociador, e servia como mediador silencioso em acordos à porta fechada enquanto o Regente Bard mantinha as suas aparições e a sua persona pública.

— Nós não precisamos de uma aula de história, regente. Todos nós estamos bem cientes de que fomos o motivo pelo qual o tratado foi criado, pelo qual a guerra teve fim. — disse Tor.

Era estranho ouvir a minha própria voz sair de outra pessoa. O seu cabelo longo e o casaco mais pesado que usava eram indícios da sua vida no frio Setor Um. Eu nunca fui lá, é claro, e não tinha interesse algum em tolerar o clima gelado.

— Felizmente para você, nós somos trigêmeos, não é, regente? — Acrescentou Lev. Ele deslocou-se até uma cadeira com encosto, o seu cabelo curto e a sua carranca feroz faziam com que ele parecesse mais frio do que Tor, mas eu sabia que isso era uma ideia errada. Os meus dois irmãos eram guerreiros calejados, que governavam os seus setores assim como eu governava o meu. O fato de eles terem sobrevivido estas três décadas era a prova da força e inteligência deles.

Eu conseguia ver semelhanças entre mim e Lev. A forma como eu, também, me sentei com uma postura relaxada com as minhas pernas longas esticadas diante de mim. Eu vi a sobrancelha de Lev arquear e, salvo a cicatriz, era como se estivesse olhando para um espelho. Ele também partilhava do meu desgosto e desinteresse pelas táticas e esquemas da política. Nenhum dos irmãos, assim como eu, gostava desta reunião. Era um inconveniente, algo que todos nós tínhamos de tolerar.

O velho acenou. — Acredito que tenha sido o destino o fato de seus nascimentos terem trazido paz para Viken.

Olhei para um dos meus irmãos e depois para o outro, antes de falar: — E, ainda assim, *nós* não temos paz alguma. *Nós* vamos ser parceiros de uma mulher de outro planeta. *Nós* é que vamos deixar para trás os nossos lares, o nosso povo, para viver aqui, para viver juntos e *partilhar* uma noiva? Você pede isso depois de termos vivido toda a nossa vida em setores diferentes.

— Nós podemos ter nascido como irmãos, regente, mas agora somos inimigos.— acrescentou Tor. Eu assenti, e Lev também. Eu não tinha vontade nenhuma de saltar para o outro lado da sala e matar os meus irmãos, mas a minha lealdade era para com o meu setor, assim como a lealdade dos meus irmãos era para com o seu povo, nos seus respectivos setores. Nós éramos irmãos de sangue, mas a nossa lealdade estava nos nossos lares. A nossa lealdade era para com o povo que governávamos. Para com o povo que precisava que nós os protegêssemos e provêssemos para eles.

— Inimigos? — Perguntou o Regente Bard. — Não. Irmãos. Irmãos idênticos, com DNA idêntico, que agora vão tomar uma parceira e gerar filhos.

— Então, não quer a nós — Lev juntou as pontas dos dedos. Embora ele parecesse relaxado, eu sabia que ele sentia tudo, menos isso. Eu não sabia ao certo como é que eu sabia aquilo, mas eu conseguia sentir coisas neles que eu não conseguia sentir com as outras pessoas. Será que isso era por sermos trigêmeos ou será que estávamos ligados de alguma outra forma? —, mas o bebê que vamos gerar.

O velho não discutiu. — Sim. A criança vai unir novamente os três setores e se tornar o governante dos três. Com igualdade. De forma unida. Junto. Viken se unirá novamente sob um poder único, um único governante. As guerras terminarão de uma vez por todas.

— Quanto a mim, eu não queria uma noiva alienígena. Se o seu objetivo é a união, deveríamos tomar uma parceira de Viken. — disse Tor, encostando-se contra a parede da sala.

Nós estávamos em Viken Unida, uma pequena ilha com uma grande quantidade de edifícios governamentais. Este era o lugar onde chegavam todos os visitantes interestelares, onde todas as reuniões formais entre os setores ocorriam. O edifício central branco e gigante com os seus pináculos acentuados e estátuas dedicadas aos três setores

– o arco, a espada e o escudo – era o único lugar considerado território neutro para os três setores.

As armas eram deixadas na fronteira. Era uma zona segura, uma área pacífica onde todas as tensões podiam ser resolvidas.

Embora a guerra tivesse terminado há décadas, as hostilidades eram profundas. As culturas variavam. Eu não deixava de gostar dos meus irmãos só por princípios. Eu não sabia nada sobre eles além de suas aparências. Os nossos corpos eram idênticos, portanto, eu sabia que o pau de Tor ficava inclinado para a esquerda e que Lev tinha uma marca de nascença na parte de cima das costas. De resto, éramos criaturas do nosso povo, criaturas dos nossos setores.

— Não há nenhuma mulher Viken que consiga ser verdadeiramente neutra. — Ele olhou para nos três. — Tomaria uma parceira de outro setor?

Cada um de nós negou com a cabeça. Seria impossível tomar e foder uma mulher de outro setor. Ela me odiaria e eu não seria capaz de *tolerá-la*. Não era assim que um parceiro deveria agir, e nós sabíamos. A ligação tinha de ser forte, poderosa. Uma vez emparelhados, a ligação era mais forte do que qualquer outra coisa em Viken.

— Portanto, vocês foram emparelhados com uma mulher de outro planeta. Uma mulher da Terra.

— Qual de nós? — Perguntei. — Não é necessário os três para isso. Certamente um dos meus irmãos sabe o suficiente sobre uma mulher para procriar.

Os homens não discutiram comigo. Se eles fossem minimamente como eu, procriar com uma mulher não seria um problema.

— Um não é o suficiente. — Posso jurar que o Regente Bard fez uma pausa para criar suspense. — Todos vocês devem procriar com ela. E deve ser feito com poucos minutos de diferença um do outro. Todos vocês devem ter a mesma oportunidade de gerar a criança.

Olhamos uns para os outros, mas não dissemos nada. No entanto, eu soube exatamente o que eles pensavam. Eu não conseguia *ouvir* exatamente as suas palavras, mas sabia que era o mesmo. — Eu não compartilho, regente. Eu tomarei uma noiva, já que insiste, mas não vou partilhá-la.

— Então, a guerra se instalará. — Ao ouvir as palavras do regente, Lev mudou a postura e a carranca de Tor ficou ainda mais profunda. — Vocês três são os últimos descendentes reais. Todo o planeta reconhece seus direitos ao trono de Viken. Devem tomar uma noiva juntos. Devem ultrapassar suas diferenças e liderar o povo a uma nova era de paz. Devemos parar de lutar uns contra os outros e focar-nos nos grupos de batalha interestelar. Nós já não temos a liberdade de lutar entre nós como se fôssemos crianças. O inimigo externo aproxima-se, e os nossos guerreiros não se voluntariam. Ao invés disso, ficam em casa e atacam os territórios uns dos outros como se fossem crianças mimadas.

O regente respirou fundo, o seu discurso inflamado era algo que eu já tinha ouvido várias vezes. Pelo olhar estampado no rosto dos meus irmãos, as palavras do regente também não eram novidade para nenhum deles.

— Vocês três são idênticos em tudo. Seus sêmens são idênticos, e, portanto, qualquer criança proveniente do acasalamento representará os três, os três setores.

— Portanto, não temos de fazer isso juntos. — disse

eu. — Qualquer um deles pode tomar a mulher. — Inclinei a minha cabeça na direção dos meus irmãos.

Desde que a mulher não acabasse por ficar comigo. Eu não precisava de uma. Os Vikens estimavam as suas fêmeas e seus filhos, mas visto que eu não tinha que me preocupar quanto a agradar uma mulher ou domar uma, a vida era muito mais simples. Quando eu queria uma mulher na minha cama, eu a tomava. Quando eu terminava, ela voltava para a sua vida e eu, para a minha. Eu certamente não precisava procriar com uma fêmea por motivo nenhum. Crianças simbolizavam devoção e família, que eram coisas que eu não queria. Em todo caso, os nossos pais tiveram uma união apaixonada, e ainda assim, veja onde isso deu. Mortos. Eu não precisava trazer uma mulher para Viken e vê-la morrer por razões políticas.

— Eu não quero uma parceira. — disse Tor. — Ele pode ficar com ela.— Ele apontou para Lev.

— Eu? Eu não quero uma parceira.

O regente estava tão calmo, tão focado em consertar o planeta antes de morrer. Ele *era* velho e frágil. Ao contrário de nós três, ele tinha testemunhado um Viken em paz. — Já está feito. Ela foi emparelhada com os três. Como Vikens, sabem da responsabilidade.

Responsabilidade. Essa palavra tinha me sido empurrada goela abaixo desde muito novo. Havia a responsabilidade de liderar o planeta, mas não de procriar com uma mulher em conjunto com os meus irmãos afastados.

— Nós não pedimos por isso. — disse eu, falando também pelos meus irmãos. Quando eles assentiram, aquela, talvez, a primeira coisa com a qual tínhamos concordado.

— E vocês vão aceitar e nomear a criança do outro irmão como sucessor?

— Não. — a sobrancelha de Lev arqueou-se novamente.

— Nunca. — As mãos de Tor fecharam-se em punhos.

Eu não respondi porque a minha resposta era a mesma. Não. Nunca. Eu nunca abandonaria o meu povo para dar lugar aos descendentes de outro macho. Eles eram o meu povo. O meu filho herdaria o manto sagrado da liderança.

— Então, agora vocês entendem. Todos vocês devem ser parceiros dela. — O regente ergueu a mão para silenciar-me enquanto eu abria a minha para discutir. — Vocês não pediram para nascer como os três governadores do planeta. Não pediram para ser separados quando bebês. Deveriam ficar juntos, como um só. Vocês nasceram para governar, mas suas vidas foram e serão cheias de sacrifícios. Pelo bem do planeta, pelas futuras gerações, esta briga tem de acabar. Os nossos guerreiros devem se erguer ao serviço da Aliança Interestelar. Devemos proteger o nosso planeta da Colmeia, e não lutar entre nós. Se nós não atingirmos novamente a nossa quota de guerreiros, seremos retirados da proteção da Aliança. Eu recebi informações de que temos dezoito meses para cumprir a nossa quota, para contribuir novamente com o programa de noivas e com as fileiras de guerreiros ou Viken será abandonado. Veremos Viken unificado e forte novamente. Protegido. Orgulhoso. Antes de eu morrer, devemos restabelecer a posição de Viken como uma força poderosa na luta contra a Colmeia.

A Colmeia era uma raça de seres artificiais que matavam indiscriminadamente na sua busca por recursos e novos seres biológicos para assimilar ao seu conjunto. Eles tomavam a forma de toda a vida livre e implantavam nelas a sua tecnologia, neuroprocessadores e mecanismos de controle que roubavam a mente e a alma de uma criatura viva. Todos os planetas membros da Aliança Interestelar contribuíam com recursos, naves e guerreiros para a batalha constante com a Colmeia e o seu mal indiscriminado.

A Colmeia tinha de ser detida. E o regente estava certo. Durante muitos anos, os Viken não enviaram a sua quota total de guerreiros ou de noivas. Não tinha me ocorrido a hipótese de sermos abandonados. A ameaça ao planeta era real e inaceitável. Dois ciclos solares eram muito pouco tempo para procriar com uma fêmea e ver uma criança nascer. O que significava que estávamos verdadeiramente sem tempo e sem opções. Eu odiava-o por isto, por nos dizer a verdade. Mas eu sabia o que tinha de ser feito, não importando o quanto eu não quisesse pensar sobre aquilo.

— Até o momento, vocês ficaram de fora do âmbito das políticas e governo interestelar. Agora, vocês devem erguer-se e tomar o manto e aceitar as responsabilidades que lhes pertencem desde que nasceram. Todo Viken deve ser protegido. Devemos nos unir. Viken deve ser forte. Essa é a verdade e o sonho pelo qual seus pais sacrificaram as vidas.

Lev rosnou. — Eles *morreram* não por causa da paz, mas por causa da guerra. As facções rebeldes caçaram e os assassinaram numa luta por poder. A guerra civil Viken terminou porque você nos separou, não porque nos uniu.

— Vocês eram bebês e ainda não podiam reinar. —

acrescentou o regente. — Agora, vocês voltaram para Viken Unida, para o setor central do nosso planeta para trazer paz, não como uma medida a curto prazo, como foi a separação, mas para sempre. Vocês três devem pôr de lado suas diferenças e tornarem-se uma frente verdadeiramente unida. Juntos, vocês serão poderosos. Três irmãos. Uma criança. Um futuro.

— Caralho. — murmurou Tor. Eu sentia o mesmo. Não havia como fugir do plano do regente. Não havia como fugir do fato de que tínhamos de proteger o nosso povo tanto da Colmeia, quanto das facções rebeldes do nosso mundo. Os rebeldes queriam voltar aos costumes tribais, a ter centenas de setores diferentes, cada um com o seu governante, com o seu próprio plano. Eles queriam voltar ao modo de vida de Viken de há centenas de anos, ao modo como vivíamos antes de nos tornarmos membros da comunidade interestelar, antes de Viken ter se tornado um planeta entre muitos outros.

Os líderes das facções rebeldes queriam guerra e conflitos, cada um deles queria governar o seu pequeno reino com controle absoluto e mão de ferro. Eles queriam acreditar que eram onipotentes. Deuses.

Essas eram ideias antiquadas que restaram de uma cultura de milhares de anos atrás. Essas ideias não tinham lugar no novo mundo, num mundo onde a Colmeia destruiria toda população do nosso planeta em questão de semanas se os nossos costumes tolos os deixassem desprotegidos. Nós precisávamos dos nossos guerreiros lá fora, no espaço, nas naves de combate, não discutindo sobre plantações de jardim e mulheres.

— Você poderia ter nos falado sobre as exigências da Aliança, sobre a queda das quotas de guerreiros. — disse eu. — Poderia ter nos falado sobre o teu plano, sobre a nossa noiva.

Os meus irmãos cruzaram seus braços sobre o peito e concordaram.

O velho arqueou uma das suas sobrancelhas grisalhas. — E vocês teriam concordado? Teriam se submetido ao processo de emparelhamento? — O regente inclinou a cabeça, a expressão no seu rosto era de alívio. Nós estávamos fartos de discutir. Ele tinha vencido o seu argumento. Eu não era irracional, e pelo que parecia, os meus irmãos também não. Nós não tínhamos concordado, mas estávamos ouvindo.

Tor esfregou seu queixo. — Como emparelhou um de nós? E com quem a noiva foi emparelhada?

O regente pareceu verdadeiramente envergonhado, o rosa das suas bochechas era uma cor que eu nunca tinha visto na sua face enrugada. — O *check-up* médico que cada um de vocês efetuou no mês passado foi um estratagema para o exame. Nós sedamos e concluímos o exame enquanto vocês estavam num estado de sonho. Uma parte foi feita enquanto vocês estavam totalmente inconscientes.

Ao ouvir as suas palavras, estremeci. Eu sabia exatamente do que ele falava. Eu tinha ido efetuar um exame médico geral, conforme necessário, e acordei suado, com o ritmo cardíaco acelerado. A experiência tinha sido estranha. Eu nunca tinha acordado numa unidade médica com o pau duro. Nada do que eu pensasse fazia-o descer. Eu tive de pedir licença ao médico e usar a minha mão para aliviar o desconforto. Tinha sido uma espécie de sonho, algo tão intenso que me deixou extremamente excitado. E eu sequer me lembrava do sonho.

— Portanto, com qual de nós ela foi emparelhada? — Eu queria saber. Precisava saber. Eu não queria foder uma fêmea que não fosse minha. Faria-o uma vez, se fosse necessário para proteger o planeta, mas eu não me ligaria a ela, não me permitiria preocupar com ela se ela não fosse *minha*.

O regente riu. — Com os três. Fizemos uma combinação dos perfis no programa e ela foi emparelhada com todos vocês. Ela não só vai aceitar os três, da forma como preferirem, como também *precisará* de cada um de vocês para ser verdadeiramente feliz. Cada um de vocês possui um traço do qual ela necessita, algo que ela deseja, algo que ela precisa para ser satisfeita. — O regente andou pela sala, as suas botas cinzentas e duras espreitavam para fora do seu robe enquanto ele andava. Ele estava vestido com um robe suave com botas com lâminas embutidas, botas preparadas para combate. Palavras suaves, seguidas pela dor pungente de uma vontade de ferro. O olhar adequava-se a ele. — Eu não queria trazê-los até aqui até que o emparelhamento fosse feito, até que a transferência estivesse por acontecer. Eu não podia arriscar a que um de vocês a recusasse.

Visto que aquilo era um fato gritante, nenhum de nós respondeu.

— Ok. Ok. — repetiu Tor. — Então, devemos foder essa mulher até a engravidarmos? No mesmo quarto? Ao mesmo tempo? — perguntou ele.

O regente encolheu os ombros. — Vocês podem compartilhá-la ou podem tomá-la um de cada vez. Deixo os detalhes para vocês.

Tor acenou. — Ótimo. Então, ela pode viajar de setor em setor e cada um de nós a fode.

O Regente Bard levantou a mão. — Como eu disse, cada um de vocês deve tomá-la num curto período de tempo entre eles para garantir que todo o sêmen se una e todos tenham a mesma chance de ser pais da criança. Enquanto foderem em conjunto não é obrigatório para a engravidarem, as leis de acasalamento exigem que...

Lev passou a mão pela parte de trás do seu pescoço enquanto andava. — É sério isso?

Tor distanciou-se da parede. — Nós nem sequer gostamos uns dos outros e você espera que gozemos nela ao mesmo tempo?

Acendeu-se a ira ao ouvir a exigência do regente. Revezar era uma coisa, mas fazê-lo em conjunto? Nós não colocamos os olhos uns nos outros por trinta anos e, agora, deveríamos foder a nossa parceira em conjunto?

O regente levantou novamente a sua mão. — A lei é muito clara. Vocês sabem que um acasalamento deve unir todas as partes como um só. No caso de vocês, como os três são os parceiros dela, devem tomá-la de uma só vez. De outro modo, a ligação não será selada e ela será proscrita para sempre.

Tor cruzou os braços sobre o peito e manteve o seu corpo rígido. Como era óbvio, a ideia não lhe agradava. — Ela vai carregar a criança que vai unir o planeta. Como é que ela poderia ser rejeitada?

— Se vocês não fizerem isso de forma adequada, sua parceira será simplesmente o meio pelo qual vocês gerarão um filho e nada mais. Ela não será a mãe-regente ou a parceira do líder de setor. No caso dela, dos três líderes de setores. De acordo com as leis e costumes, ela terá sido rejeitada pelo seu parceiro. Ela será banida.

Eu olhei para os meus irmãos, depois, para o regente.

— Nós fomos inimigos durante toda a nossa vida e você espera que tomemos a sua boca, boceta e cu ao mesmo tempo para o acasalamento. — Eu pude ver o interesse no olhar dos meus irmãos, que era semelhante ao que eu sentia. A ideia era excitante, foder uma mulher em qualquer um destes três modos, mas eu o teria de fazer com homens de setores os quais eu tinha sido criado para odiar. Lev e Tor eram meus irmãos de nascença, mas as pessoas do Setor Três eram o meu povo por sangue, suor e escolha.

— Para o acasalamento, sim. Para a engravidar, não. Cada um de vocês deve preencher a sua vagina com sêmen, pelo menos até ela engravidar de forma adequada. Uma vez feito isso, podem compartilhá-la da forma como preferirem. Mas para o fazerem, para garantir a sua felicidade, precisam pôr de lado suas diferenças.

Os três arqueamos a sobrancelha direita e olhamos para o velho. Certificarmo-nos de que a nossa mulher fosse feliz era uma questão de orgulho para um guerreiro. Insinuar que nós, os líderes do planeta, não seríamos capazes de satisfazer todas as necessidades da nossa noiva, era algo extremamente ofensivo.

— Você nos colocou em setores diferentes para manter a paz, não para nos ensinar sobre tolerância. Manteve-nos separados durante toda a nossa vida e agora quer que finjamos que somos felizes para fodermos uma mulher juntos de modo a garantir que ela não seja rejeitada? Compartilhar uma noiva?

— Concordo com Drogan. Uma mulher não vai resolver os nossos problemas de longa data entre setores. E uma criança também não.

— Muito bem, líderes de setores, sugiro, então, que

descubram um modo de unir os setores ou todo Viken cairá nas mãos da Colmeia. Vocês perderão tudo. Quão preciosas serão as diferenças entre os setores quando todos vocês tiverem tantos neuroprocessadores implantados no cérebro que nem serão capazes de lembrar do próprio nome. — A forma como o regente conseguia manter a calma era algo que me ultrapassava. Eu queria dar-lhe um soco no nariz só por isso. Eu queria esmagá-lo só por nos obrigar a participar desta... loucura. Por nos obrigar a fazer aquilo. Por manter em segredo a verdade perigosa acerca da situação dentro da Aliança Interestelar.

— A nossa parceira sabe que foi emparelhada com três homens? — Perguntou Lev.

Aquela era uma boa pergunta e eu olhei para o regente.

— Ela não sabe. O emparelhamento dela foi com o perfil combinado, tal como cada um de vocês — ele apontou para cada um de nós — foi emparelhado com o dela. Enquanto trigêmeos com DNA idêntico, ela foi emparelhada com vocês três.

— Permita-me ser claro, regente. — disse Tor. Ele utilizou os dedos para pontuar cada opção. — Nós temos uma parceira que não sabe que pertence a três guerreiros. Temos de convencê-la a foder cada um de nós. Temos de engravidá-la imediatamente para unir o planeta. E temos de estabilizar os setores para que os guerreiros e as noivas sejam enviados para a Aliança ou seremos dominados pela Colmeia.

— Sim. A Aliança deu-nos dezoito meses para melhorar os nossos números.

Aquilo era muito pouco tempo para engravidar a

nossa nova noiva e ter um pequenino engatinhando. O bebê não teria idade suficiente para caminhar e, ainda assim, a criança seria reconhecida como herdeiro dos três setores planetários.

Eu gemi. — Também temos de convencer a nossa noiva a aceitar o nosso sêmen – ao mesmo tempo – para conseguirmos efetuar o acasalamento. Nenhuma parceira minha será banida. — Engravidá-la era fácil. Nós poderíamos fodê-la como quiséssemos, mas para conseguir efetuar o acasalamento, teríamos de fodê-la em todos os seus buracos ao mesmo tempo. Eu não era um homem bonzinho, mas nunca tinha visto uma mulher ser rejeitada. Quaisquer problemas que eu tivesse quanto a fodê-la com os meus irmãos não eram culpa dela.

E eu também não forçava mulher alguma. Como é que iríamos persuadir uma mulher relutante a tomar três homens, isso é que não seria nada fácil. Talvez, enfrentar a Colmeia fosse mais fácil.

— Nem a minha. — resmungou Lev.

Tor marcou com o dedo o último ponto. — E temos de acabar com trinta anos de ódio e convencer o planeta a unir-se.

Quando Tor explicou tudo aquilo, parecia ser uma tarefa impossível.

— Como é que sabemos que ela não foi emparelhada com outro e você está usando isso para nos manipular, de modo a afetar o equilíbrio de poderes entre os setores? — Acrescentei.

Ao ouvir a minha pergunta, os meus irmãos puseram os ombros para trás e encararam o homem.

— Como quiserem, ela não teria sido enviada para cá desde o seu planeta se não tivesse sido emparelhada pelo protocolo de processamento. — Ele suspirou. — Se estão assim tão preocupados, vou convocar outros homens para esta sala e ela será obrigada a escolher um de vocês entre muitos outros.

— Apenas um de nós. — disse eu, garantindo assim que a mulher fizesse uma escolha imparcial. Se ela estivesse verdadeiramente emparelhada com um de nós, a ligação seria poderosa e imediata. Eu tinha esquecido isso; portanto, havia a esperança de que ela estivesse inclinada a ceder à nossa necessidade de foder... imediatamente. Eu não confiaria no emparelhamento até que a nossa noiva provasse que era capaz de sentir aquela ligação.

O regente abaixou a cabeça respeitosamente. — Muito bem. Tendo em conta que ela acredita que só foi emparelhada com um homem, vocês terão de decidir qual de vocês ficará na fila. Lembrem-se, façam o que for necessário depois de a tomarem. Vocês três devem cobri-la com seus sêmens. Sem o poder da ligação e do sêmen, os outros também vão desejá-la. Vão tentar roubá-la de vocês.

Assim que o sêmen de um homem cobria a boceta de uma mulher, a ligação começava. As químicas do sêmen de um macho Viken eram poderosas. A nossa noiva desejaria e precisaria dele. Em troca, o homem com o qual ela estivesse ligada sentiria uma necessidade constante de tomá-la, protegê-la e renovar essa ligação. Essa era a ligação natural entre um homem Viken e sua parceira. Mas, se se passassem alguns meses sem que a parceira fosse exposta às químicas vinculadoras que há no sêmen de um macho, o corpo da mulher se tornaria receptivo para ser tomado por outro.

Nenhuma mulher minha sofreria essa perda de ligação com minha porra. Eu a foderia com força e várias vezes. Eu provaria a boceta dela com a minha boca enquanto o meu sêmen preenchesse sua garganta. Eu iria...

— Acha que os outros vão tentar desafiar-nos, tentar tomar a nossa parceira? — Perguntou Lev. Até ela escolher um de nós na fila, ela era considerada disponível. Qualquer homem poderoso o suficiente para tomá-la de nós poderia tentar possuí-la.

— Se ela escolher um de nós, isso significa que o emparelhamento é verdadeiro. Que ela não pertence a mais ninguém além de nós. — As palavras de Tor confirmavam que ele protegia o que era seu. Lev assentiu, concordando.

— O emparelhamento é verdadeiro. Ela vai escolher um de vocês. — disse o regente. Ele estava bastante confiante. Confiante o suficiente para que eu acreditasse que ele não mentia. Se ele estivesse, esta mulher poderia escolher qualquer macho Viken na sala para fodê-la. Ele teria o poder do sêmen sobre ela e a capacidade de engravidá-la, ao invés de nós. E o seu plano para obter um único e verdadeiro líder poderia não ocorrer.

— Essa mulher, certamente, já foi fodida. — disse Lev. — Será que ela não sentirá a falta do pau de um homem da Terra que ela tenha abandonado? Será que ela não sofrerá por estar sem o sêmen dele?

O regente negou com a cabeça. — Os homens da Terra não têm essa ligação com as suas parceiras. O sêmen deles não é tão potente como o nosso. Vocês estão em vantagem quanto a isso. Uma mulher da Terra emparelhada com três homens Vikens. A fusão do poder de seus sêmens será tão grande que ela nem imagina. Façam seu trabalho, homens, e façam-no bem. Tomem-na, fodam-na e preencham-na com seus sêmens. Engravidem-na. Se, assim como dizem, não conseguirem encontrar união entre os três, voltem para seus setores. Sua parceira será banida assim que der à luz. E a criança governará. Essa briga mesquinha cessará e assumiremos o nosso devido lugar como planeta membro totalmente protegidos pela Aliança novamente. Nada mais importa.

Aquele homem não tinha qualquer compaixão para com os nossos desejos individuais. Ele só pensava na estabilidade do planeta. E não no interesse pessoal dos meus irmãos ou até do meu e, certamente, também não pensava nos desejos ou expectativas dessa mulher com a qual fomos emparelhados. Tal como no nosso nascimento, nós, os três irmãos, éramos novamente vítimas das circunstâncias. Embora Lev, Tor e eu pudéssemos voltar para os nossos setores se não estivéssemos de acordo quanto a essa partilha, *ela* ficaria arruinada. Qualquer criança concebida seria arrancada dos braços dela e dos parceiros que a negaram. Ela sofreria durante meses devido ao poder forte e desesperador do sêmen não só de um, mas de três homens.

Não era o destino que eu desejava para nenhuma mulher e, sobretudo, para uma pela qual eu era responsável. Para uma que eu tinha engravidado e tomado como noiva. Uma mulher devia ser protegida e acolhida, satisfeita e dominada. Uma mulher não deveria ser usada, ter a sua confiança conquistada, a sua obediência auferida, tudo isso só para acabar por ser descartada pelo parceiro a quem tinha sido ensinada a servir. Eu olhei para os meus irmãos. Será que conseguiríamos ultrapassar as nossas diferenças para proteger uma mulher que ainda nem tínhamos conhecido?

Uma luz forte preencheu a sala, centralizando uma mesa enorme.

— Ah, o transporte dela começou. — O regente parecia eufórico; tinha um sorriso enorme e dava pulos de expectativa.

Todos nós demos um passo para trás e observamos enquanto a mulher se materializava lentamente na mesa. Assim que o transporte foi concluído, a luz ofuscante desapareceu, deixando a sua forma inconsciente sobre a superfície dura. Demos um passo adiante para olhar para ela, os meus olhos demoraram alguns segundos para se ajustar após terem sido ofuscados pelo feixe forte de luz.

Ela estava com um vestido longo típico de Viken. O material não escondia as suas curvas deslumbrantes, os seus seios fartos ou as curvas de seus quadris. O seu cabelo era vermelho escuro, a cor mais intensa num fogo. Estava solto e estendido em caracóis densos pela madeira. Os cílios eram longos e descansavam sobre as suas pálidas maçãs do rosto. Os seus lábios eram de um rosa deslumbrante, carnudos e cheios e o meu pau pulsou só de pensar em tê-los curvados ao redor dele.

Esta era a nossa parceira? Eu olhei para os meus irmãos, cujas expressões eram compatíveis com a surpresa que eu sentia.

— Ainda acreditam que será difícil foder esta mulher? Estar emparelhados com ela? Engravidá-la? — As palavras do regente pretendiam ser de piada, mas acabaram por destacar a forma como cada um dos meus protestos desapareceu ao olhar para o seu corpo maduro e o seu rosto maravilhoso. Eu a *queria*. Eu queria o meu pau em sua boca e a minha mão dando palmadas no seu traseiro. Eu queria fodê-la até ela gritar e vê-la ajoelhar diante dos meus pés, nua e pronta para ser tomada.

Não. Fodê-la não seria minimamente difícil. O meu pau endureceu só de olhar para ela, e ela ainda nem sequer estava consciente. Pelo canto do olho pude ver Tor ajeitar o pau. Era bom saber que nos sentíamos instantaneamente atraídos por ela, visto que nada menos do que o destino do nosso planeta estava na nossa capacidade de, não só foder esta mulher, mas fodê-la bem.

Tor

Nós tínhamos sido chamados para a sede de Viken Unida, não para uma reunião entre os setores, como me tinha sido dito, mas porque eu e os meus irmãos tínhamos sido forçados por uma ameaça feita ao nosso planeta a nos juntar e engravidar uma fêmea que foi atribuída não só a mim, mas também aos meus irmãos gêmeos. Eu sabia que um dia teria de encontrar uma parceira, mas sempre pensei que isso aconteceria quando eu quisesse e com uma mulher que eu escolhesse. Eu também tinha presumido que a minha parceira seria minha, e só minha. Pelo que parecia, segundo as palavras do Regente Bard, o destino tinha decidido intervir.

Aqui, diante de mim, estava a mulher mais bonita que eu alguma vez tinha visto, estendida sobre a mesa onde as decisões mais arrojadas do planeta eram tomadas. Talvez *ela* tenha sido uma das decisões mais arrojadas do regente. Ela iria unir os setores e trazer a suposta paz ao planeta novamente. Ela inspiraria jovens guerreiros a guerrearem e noivas virgens a oferecerem-se como parceiras. A criança gerada por ela governaria o planeta quando eu e os meus irmãos morrêssemos.

Separar a mim e aos meus irmãos não trouxe união ao planeta. Nós éramos apenas uma trégua temporária da guerra aberta. O nosso sangue real e o longo histórico de governantes justos e honestos da nossa família tinha acalmado o planeta o suficiente para que uma paz tênue fosse mantida. Mas separar-nos quando éramos meros bebês fez com que nos tornássemos muito menos que irmãos. Cada um de nós foi criado segundo os seus costumes, tendências e crenças dos seus setores específicos, nada mais. Era dever eu partilhar esta mulher com dois homens – irmãos de fato – que eu não conhecia. Tínhamos a mesma aparência, mas nada mais. Os regentes esperavam que compartilhássemos uma parceira. *Compartilhar!*

Já me tinha sido negado o que deveria ter sido meu por direito. No Setor Um, onde eu governava, a família era tudo. A tua dignidade media-se pela força e honra da família. Eu não tinha nada disso. O meu sangue real era tudo o que me salvaguardava de viver uma vida marginalizada entre o meu próprio povo. Mas mesmo o meu sangue não foi o suficiente para me poupar dos insultos de crianças cruéis, devido à realidade solitária de me sentar sozinho em todos os eventos principais. Eu estava sozinho, sempre sozinho, e era considerado vulnerável numa sociedade onde o escudo familiar garantia a sobrevivência.

A solidão tornou-me forte, e eu não me arrependia da

minha vida. Mas agora, confrontado com a possibilidade de criar uma família que fosse minha, eu não queria partilhar a minha única família com dois homens que eu mal conhecia. Eu não queria compartilhar o tempo ou a atenção daquela mulher. Se ela fosse realmente minha, como dizia o regente, eu a queria totalmente para mim. Eu vi a minha ganância pelo seu amor, pela sua luxúria, pelo seu corpo. Eu queria tudo.

Olhei para as curvas deslumbrantes do seu traseiro e quadris e fiquei duro ao pensar em tomar o seu cu, alargá-la e tomá-la de todas as formas. Uma vez que colocasse o meu filho no seu ventre, eu preencheria o seu cu com o meu sêmen, iria garantir que ela ficasse viciada em mim, no meu toque e no meu pau. Eu queria que ela me desejasse totalmente.

Eu queria acolhê-la nos meus braços e carregar esta fêmea para um quarto silencioso e ensiná-la a foder. Eu não duvidava que os meus irmãos conseguiriam tratar bem dela. Independentemente das nossas desavenças políticas, todos os homens Vikens cuidavam das suas fêmeas e dos seus filhos. As mulheres eram protegidas e acolhidas. Uma parceira era estimada e valorizada como sendo a coisa mais importante na vida de um homem.

Esse, e apenas esse, era o motivo pelo qual eu tinha evitado obter uma parceira até agora. Eu não estava pronto para que uma fêmea tivesse tudo de mim. Mas agora que vi esta... fêmea da Terra, as coisas mudaram. Eu conseguia ver as vibrações do seu coração no seu pescoço longo. Eu conseguia ver as curvas roliças dos seus seios sob o decote do seu vestido. Eu conseguia imaginar o quão sedosa era a sensação de passar os meus dedos pelos seus cabelos vermelhos. Inferno, eu até conseguia sentir o seu cheiro. Era algo de floral e limpo. Eu me perguntava qual era o sabor dela, indagava se a boceta dela era tão doce quanto o resto do seu corpo.

Ajustei o meu pau nas calças. Não me sentiria aliviado até estar enterrado nela.

— Ainda querem que ela escolha alguém dentre o grupo? — perguntou o regente; o seu robe longo e cinzento subia pelos seus tornozelos enquanto ele se virava para mim.

Olhei para os meus irmãos, que assentiram. Não havia como negar a ligação, mas a política era implacável.
— Sim.

Tínhamos que garantir que esse plano era válido, que a mulher era verdadeiramente nossa. Testar o emparelhamento seria a confirmação de que precisávamos, embora eu sentisse a atração só de olhar para esta mulher que estava diante de nós.

— Muito bem. Vou organizar a seleção e voltar. — O Regente Bard concordou, do meu lado, e depois saiu da sala, e o silencioso e esquecido Gyndar seguiu-o.

— Nós nem sequer gostamos uns dos outros. Como é que vamos fazer isto? — Perguntou Drogan. Ele passou a mão pelo seu cabelo ligeiramente mais curto num gesto que eu reconhecia. Eu tinha feito aquilo há alguns minutos.

— Eles não tinham por aí trigêmeas em Viken com as quais pudéssemos ficar? — Inclinei-me para a frente e coloquei as minhas mãos sobre a mesa. — Resolveria tanto o nosso problema quanto tomarmos cada um uma fêmea. — acrescentei.

— Os regentes querem uma criança, não três. Um novo líder.— esclareceu Lev.

— Caralho. — murmurou Drogan.

O plano do regente era consistente. Ele emparelhou-nos com uma fêmea de outro planeta que não podia voltar. Ao olhar para ela, o meu pau se agitava. Imagino que o dos meus irmãos também. Uma vez que o nosso sêmen estivesse dentro dela, como é que seríamos capazes de negar a luxúria que sentiríamos? Ela estaria ligada permanentemente a nós, o odor do nosso sêmen no seu sistema seria um toque de sirene para os nossos sentidos. Se a rejeitássemos depois de ela engravidar, recusando o acasalamento, havia uma probabilidade elevadíssima de ela enlouquecer. Nós podíamos não gostar uns dos outros, mas nunca magoaríamos uma mulher. Seria melhor matá-la logo do que deixá-la sofrer por causa do chamamento não correspondido do poder do sêmen de três machos Vikens potentes.

Lev deu um passo adiante na direção da mesa, estudando a nossa nova parceira. — Como vamos fodê-la?

Drogan e eu nos aproximamos até ficarmos os três sobre ela, olhando-a com... admiração. Uma discussão era algo inevitável.

— Eu ouvi dizer que os homens do Setor Um gostam de foder em público. — disse Lev, olhando para mim.

Aquilo era verdade. Foder, no meu setor, não era necessariamente algo privado. As ligações familiares eram importantes. Às vezes, se um macho queria engravidar a sua parceira, e eles queriam que a criança fosse recebida de braços abertos, ele a tomava e engravidava publicamente. Se uma fêmea estivesse sofrendo e precisasse do sêmen do seu parceiro, se a necessidade fosse gritante, ele a levava para qualquer lugar, sempre que ela precisasse dele. As necessidades de uma parceira estavam acima de todo o resto.

Eu estava habituado a ser observado, a observar os outros, portanto, se eu tivesse que ver os meus irmãos fodendo-a, isso não seria uma dificuldade para mim. O que seria difícil era vê-los foder *ela*.

— Os homens do Setor Dois precisam atar uma parceira ao chão de modo a conseguir que ela fique sob ele. — refutei.

Lev cerrou a mandíbula. — Nós não prendemos as nossas mulheres para violá-las. Há prazer em tomá-las assim, e as mulheres submetem-se com entusiasmo.

— Ela está algemada. Ela não tem escolha. — acrescentou Drogan.

Lev parecia estar pronto para matar alguém. — Ela *quer* estar algemada, submeter-se. — Ele voltou-se para Drogan. — Por que está tão preocupado com o que nós fazemos no Setor Dois? Os homens do Setor Três comem bocetas como se fossem doce. Até ouvi dizer que vocês preferem se lambuzar na boceta do que realmente foder.

Drogan sorriu, sem se preocupar minimamente com o comentário de Lev. — Nós realmente gostamos de uma mulher bem molhadinha, às vezes durante horas. — Os olhos de Drogan escureceram com a mesma luxúria que eu estava sentindo enquanto ele olhava fixamente para a nossa nova parceira. — Mal posso esperar para colocar a minha boca entre as suas coxas e prová-la. Usar a minha língua em seu clitóris e fazê-la ter vários orgasmos. Ouvi-la implorar. — Ele abaixou-se e inalou profundamente, puxando o seu odor para dentro dos seus pulmões. — Eu vou prová-la até ela gritar, e depois, vou fodê-la até ela gritar ainda mais.

A nossa discussão terminou visto que todos nós parecíamos estar perdidos nas nossas fantasias pessoais. Era óbvio para mim que todos tínhamos uma reação idêntica quanto à fêmea. Eu olhava e desejava. Eu queria atirá-la por cima do ombro e levá-la para casa, atá-la à praça da cidade e fodê-la com toda a cidade assistindo enquanto eu plantava o meu sêmen no seu ventre.

Mas isso não aconteceria agora. Teríamos de tomá-la aqui, em Viken Unida. Aqui, nesta ilha de território neutro. E teria de ser algo feito em conjunto com os meus irmãos.

Ela não tinha se mexido e nós estávamos ali, de pé, olhando para ela como se ela fosse um quebra-cabeça que nós não conseguíamos resolver.

— Concordamos que fodê-la não vai ser uma tarefa árdua. — disse Lev. — Qualquer que seja a forma como o façamos, qualquer que seja o modo que deixe os nossos paus duros, será um prazer.

— Sim. — concordei. O meu pau já estava duro e eu só olhava para ela totalmente vestida. Mal conseguia imaginar como me sentiria quando ela ficasse nua diante de nós.

— Sim. — confirmou Drogan.

— Então, podemos concordar — comecei ajeitando o meu pau nas calças — que deveríamos focar não nas nossas diferenças, mas sim no fato de que agora devemos proteger e estimar juntos. *A ela.*

— Se ele espera que apenas a engravidemos e abandonemos a ela e a criança, ele está muito enganado. — disse eu, a minha voz ligada com uma vida inteira de raiva. — A forma como o Setor Um acredita na família – uma mãe e um pai cuidando das suas crianças – é bastante característica. Eu não vou permitir que essa criança cresça como eu cresci. — Ofereci a cada um dos meus irmãos uma olhadela rápida. — Matarei qualquer um que tentar tomá-la ou ao meu filho de mim.

Eu fui um órfão. Não tive uma mãe ou um pai de verdade. Eu tinha sido criado pelo governo, por amas e tutores, sem uma família. Não tinha sido fácil. Na verdade, tinha sido bastante horrível. Eu não sujeitaria ninguém, de modo algum a isso, muito menos o meu próprio filho.

— A política por trás disto pode esperar. Assim que ela acordar, não. — respondeu Lev.

— E o meu pau também não. — resmungou Drogan.

Tanto eu, quanto Lev sorrimos ao ouvir aquilo.

Olhamos todos para baixo, para ela, por um instante.

— Ela vai ficar com medo. Ela pertence não a um, mas a três homens. — disse Drogan. — Olhem para nós.

Eu olhei para os meus irmãos. Nós éramos grandes e problemáticos, irritadiços e agressivos. Nós nascemos para liderar; o nosso tamanho, o nosso poder, tornavam-nos ferozes. — Nós não somos domáveis. — acrescentei.

— Nós podemos não concordar em muita coisa, mas devemos entrar em acordo quanto a ela e sobre como tomá-la. — Lev inclinou a sua cabeça na direção da mulher adormecida. — Recuso-me a permitir que ela sofra. Como disse Tor, recuso-me a deixar a criança crescer sob o cuidado do regente.

Ele cuspiu a palavra *cuidado*, visto que o regente não se preocuparia com uma criança muito mais do que se preocuparia com um animal de estimação.

Drogan acenou e olhou para mim e para Lev. — Ela é nossa.

— Se isto não for uma armadilha e ela nos escolher. — confirmei. — Concordam?

— Concordo. — responderam Lev e Drogan ao mesmo tempo.

— Qual de nós ficará na fila com os outros homens para comprovar o emparelhamento? — Perguntou Drogan.

— Isso não importa. — respondi. — Ela vai escolher a um de nós de entre o grupo. O regente não faria tudo isso se ele não estivesse certo quanto ao emparelhamento.

— Isto é para nosso benefício. Concordo com Tor. — comentou Lev. — Não importa quem fica na fila com os outros desde que a tiremos daqui juntos. Ninguém mais tocará nela.

— Concordo.

3

 eah

Os MEUS OLHOS pestanejaram como se eu tivesse acabado de acordar de uma soneca. Ver um teto feito de painéis de madeira escura foi o suficiente para dar um toque ao meu cérebro e fazê-lo perceber que eu já não estava no centro de processamento. Tudo estava em silêncio, não havia nem sequer o zumbido do ar condicionado ou das máquinas. O ar era quente e úmido. Um ruído me fez virar a cabeça. Eu parecia estar deitada sobre uma mesa dura e um homem velho estava sentado numa cadeira de espaldar alto no canto. Pousando a minha mão na madeira, sentei. Eu estava com um vestido verde, de *design* simples, mas longo. Cobria minhas pernas até os tornozelos, no entanto, os meus pés estavam descalços. O vestido tinha mangas compridas, mas um decote em V. Não era excessivamente indiscreto, mas eu sempre fui mais cheinha, então, tinha um busto generoso. O vestido era estranho, num estilo antigo, algo que uma mulher vestiria centenas de anos atrás.

O homem estava tão quieto ali sentado, tão paciente. Ele tinha cabelos grisalhos e barba, tinha as rugas profundas da idade alinhadas no seu rosto. A sua vestimenta era semelhante à minha, simples e sem adornos, mas cinzenta. — Você é... é o homem com o qual eu fui emparelhada? — Perguntei. Limpei a minha garganta, a minha voz parecia rouca. Será que eles tinham me enviado para um homem tão velho? Ele devia ter uns oitenta anos de idade, pelo menos.

Ele sorriu, os vincos nos cantos dos olhos ficaram mais profundos. — Não. Sou o Regente Bard. O teu parceiro está atrás daquela porta. — Olhei na direção para a qual ele apontou. — Quando estiver pronta, podemos ir até ele.

— Eu estou em Viken, certo? — A sala era grande, mas simples. O chão era feito de uma madeira semelhante à do teto, as paredes eram brancas. Havia janelas no final da sala, mas a única coisa que eu conseguia ver para além delas era vegetação. Não parecia que eu estava fora do planeta ou que eu tinha viajado galáxia afora. Sentia-me como se estivesse num edifício ancestral olhando para uma floresta antiga perto do mar. Eu conseguia sentir o cheiro úmido e salgado, pesado e espesso, saturando o ar de uma forma que só seria possível devido a um grande montante de água.

Não era como os filmes de ficção científica da TV. Ele não estava com roupa prateada. Não tinha um terceiro braço. Não parecia ser nem um pouco verde. Ele parecia normal. Velho, mas normal.

— Sim. Seja bem-vinda a Viken, minha senhora. Qual é o seu nome?

— Leah. — Eu não queria ser rude, mas o meu parceiro estava por perto. Eu só tinha de dizer a este homem que estava pronta e ele me levaria até ele. Será que eu estava pronta? Será que alguma vez estaria? A boa notícia era que eu não estava na Terra. O meu noivo não conseguiria chegar até mim estando eu aqui e ninguém podia me mandar de volta.

No entanto, a *ideia* de sair do planeta e ser fodida e reivindicada por um estranho *parecia* sólida, mas a *realidade*, estar aqui era um tanto assustador. Eu não sabia nada sobre o planeta Viken ou sobre os Vikens. Como o meu parceiro era? Eu nunca pensei sequer na sua idade ou na sua aparência. Eu não quis um parceiro, pelo menos, não de verdade. Eu só queria escapar do homem vil que queria me tratar como se eu fosse sua propriedade na Terra. Mas agora, agora eu estava... nervosa.

Independentemente, eu estava aqui, em outro planeta e não conseguiria fugir ao meu destino. Então, eu simplesmente respirei fundo e disse: — Estou pronta.

Ele levantou-se lentamente e estendeu uma mão, ajudando-me a descer da mesa. O meu vestido longo caiu pelos tornozelos, o material era pesado. Eu o segui até a porta. Enquanto eu caminhava, senti um leve puxão no meu clítoris. Estranho. Eu parei no meio do caminho devido ao choque que fluiu pelo meu corpo; encolhi os ombros. Quando o senti novamente ao dar mais dois passos, soube que algo não estava bem.

Corei, visto que não podia dizer a este senhor que

havia algo de errado com o meu clítoris, nem podia puxar para cima o longo vestido para investigar, não importando o quão curiosa eu estava. Um calor passou pelo meu corpo, não por vergonha, mas pelo desejo recém-descoberto, e lambi os lábios. Eu queria descer as mãos e tocar-me, mas isso não era adequado. Será que esta nova sensação era por estar em Viken? Eu teria de me preocupar com aquilo mais tarde, portanto, mordi o meu lábio e cruzei a porta que ele segurou para que eu passasse.

A sala conectada era igualmente espaçosa, mas não tinha mesa. Só tinha algumas cadeiras alinhadas na parede. Eu não estava propriamente focada na sala, mas sim nos homens alinhados diante de mim. Eles eram todos altos e musculosos, bastante grandes. Na verdade, *muito* grandes. Aparentemente, os homens Vikens eram quase iguais aos homens da Terra, mas impressionantemente maiores. Todos eles olharam para mim com interesse e curiosidade. Eu tinha de me lembrar que eles provavelmente nunca viram uma mulher da Terra. Estavam igualmente intrigados.

O senhor ficou agora ao meu lado e levantou o queixo na direção da fileira de homens. — O teu emparelhamento foi bem-sucedido; no entanto, em Viken, é necessária uma prova da conexão.

Virei a minha cabeça e olhei para baixo, para ele. — Conexão?

— Um vínculo natural entre um casal emparelhado. — Quando eu continuei a franzir a testa, ele explicou: — Só quero que passe por todos estes homens e me diga qual deles é o teu parceiro.

— É só... é só passar por eles e eu vou saber? — Olhei para os homens. Eles não entregavam nada com o olhar, só uma curiosidade ávida. Havia ali pelo menos dez homens no total, todos eles no seu auge. Alguns mais bonitos do que outros, alguns olhavam para mim como se eu fosse uma curiosidade, outros, como se me quisessem devorar ali mesmo. Um homem em particular observava-me como se conseguisse ver o palpitar dos meus batimentos cardíacos no meu pescoço, como se estivesse contando a subida e descida rápidas da minha respiração de pânico. Os meus olhos foram de encontro aos dele e eu rapidamente desviei o olhar, aterrorizada e sentindo-me como se fosse uma corça a ser perseguida por uma pantera.

Todos os homens estavam vestidos com roupas semelhantes e parecia haver dois tipos de guerreiros: uns bárbaros vestidos com peles e uns estudiosos vestidos com robes. Ambos os tipos carregavam armas atadas às suas costas: espadas, arcos e lanças. Para uma raça avançada, uma raça alienígena, eles até pareciam ser bastante primitivos na forma como guerreavam.

Eu senti como se estivesse na Terra e tivesse entrado num episódio da minha série de Vikings favorita. Se aqueles homens deixassem crescer a barba, eles pareceriam exatamente como os guerreiros medievais da antiguidade, na Terra.

Como eu saberia qual destes homens era o meu? E se eu me enganasse e escolhesse o homem errado? — Isto é algum truque? Planeja me enviar de volta para a Terra se eu escolher o guerreiro errado?

O pânico instalou-se em mim ao pensar em voltar para a Terra. A Guardiã Egara negaria com a cabeça em desagrado e eu seria expulsa do centro de processamento. Ficaria sozinha, sem um tostão e perdida, e não tinha a mínima dúvida de que o meu noivo me encontraria e me castigaria por ter fugido. Talvez dessa vez ele nem sequer pararia. Talvez simplesmente me estrangulasse e acabasse com aquilo.

— Eu não estou tentando te enganar. — As palavras do senhor sobressaltaram-me, tirando-me dos meus pensamentos profundos enquanto ele encolhia casualmente os ombros para mim. — Quanto a saber quem é o teu parceiro, não terá dúvida nenhuma. O corpo e a alma dele chamaram por ti. Não tema. Confie no emparelhamento.

Eu não parecia ter muitas opções. Comecei pela ponta esquerda da fila, movi-me, colocando-me diante do primeiro homem e lancei-lhe um sorriso tímido. Ignorei o formigamento que sentia no meu clítoris. Não tinha nada a ver com este homem, e eu perguntava-me se o transporte tinha, de alguma forma, desregulado o meu corpo.

Foco. Eu tinha que me focar na tarefa que tinha em mãos. O primeiro homem tinha cabelo loiro, mais ou menos a mesma idade que eu, um aspecto robusto apesar do arco que estava preso nas suas costas e do robe longo e escuro que cobria o seu corpo. Ele sorriu para mim, os seus olhos acenderam-se com interesse masculino, mas não senti nada de diferente. Prossegui para o segundo homem. Este era ligeiramente mais baixo, mas mais pesado e musculoso. Ele tinha cabelos longos, tão claros como a neve e estava vestindo couro e pelos mais primitivos. Ele tinha uma espada pendurada nas costas, lembrando-me de um invasor Viking. Ele não sorriu para mim. Ele nem sequer olhou nos meus olhos. Ele despiu-me com os olhos, o seu olhar estava focado nos mamilos duros claramente visíveis por debaixo do meu vestido verde suave. Lancei-lhe uma olhadela rápida e ainda assim... nada. Fui avançando pela fila até que só faltavam alguns homens, e eu começava a ficar com medo de que nenhum destes homens fosse o meu parceiro. Será que isto era algum truque? Será que o regente ficaria triste ou decepcionado se eu não reconhecesse o meu parceiro?

Pus-me diante do próximo homem e olhei para ele com nervosismo. Este era o homem que tinha olhado para mim antes, que tinha me observado cautelosamente desde o outro lado da sala, como se eu já lhe pertencesse. Travei, virando-me de modo a encará-lo e olhei para cima. Bem para cima. Ele era mais alto do que os outros e tinha ombros mais largos. Ele era robusto e estava vestido com a roupa estilo Viking e tinha uma espada atravessada nas costas. O seu peito e os seus braços eram enormes, as suas mãos pareciam ser grandes o suficiente para que ele conseguisse envolver totalmente o meu pescoço com apenas uma delas. As suas coxas eram grossas como dois troncos de madeira e ele transpirava força e autoridade.

Mas não foi a sua aparência física que fez o meu coração pular uma batida, mas sim, o olhar que eu conseguia ver estampado nos seus olhos escuros. Eles não olhavam apenas para mim, mas olhavam para *dentro* de mim, dentro da minha alma. Os meus mamilos endureceram e a minha boceta comprimiu-se só de olhar para ele. Arfei ao sentir a reação do meu corpo enquanto uma sensação quente e úmida invadia a minha boceta. As suas narinas inflaram e a sua mandíbula cerrou-se. Eu até conseguia sentir o seu aroma limpo, apimentado e amadeirado. Será que ele também conseguia sentir o meu cheiro?

Eu não tinha percebido que o regente tinha se colocado ao meu lado até ele ter falado.

— Presumo que não tenha de olhar para os dois homens que restam? — perguntou ele.

Eu não tinha tirado os olhos do homem que estava diante de mim. O seu cabelo estava desgrenhado, como se ele tivesse acabado de sair da cama, e longo o suficiente para chegar até o colarinho da sua túnica escura. A cor dos seus cabelos era de um tom incomum de castanho, um tom quase como o do *whiskey*. Eu soube, lá no fundo, que era ele. Ele era o meu parceiro.

Engoli a minha ânsia por este homem e respondi: — Não, não preciso. Este homem é o meu parceiro.

— Satisfeito, Drogan? — perguntou o regente.

Este guerreiro, Drogan, baixou a cabeça para varrer o meu corpo com os seus olhos. Senti-me nua embora estivesse vestida até os tornozelos com o vestido longo e verde. Será que ele sabia que eu estava excitada só de olhar para ele? Será que ele sabia que o meu corpo doía quando eu olhava para ele e que embora eu tivesse medo dele, eu ansiava pelo toque das suas mãos gigantes na minha pele? O que quer que estivesse acontecendo com o meu clítoris intensificou e eu me mexi, sentindo-me desconfortável de pé. À espera. Só não sabia bem do quê.

— Sim. Bastante satisfeito. — A voz profunda de Drogan invadiu os meus sentidos como se fosse um líquido ardente inundando todo o meu sistema. Eu queria ouvir a sua voz novamente, ouvi-lo mandar-me ajoelhar e tomar o seu pênis com a minha boca, ouvi-lo ordenar que eu me abrisse ainda mais enquanto ele se socava dentro do meu corpo, ouvir o sussurro grave da sua voz no meu ouvido, ordenando que eu gozasse.

Pisquei os olhos para tentar dissipar a luxúria que turvava a minha mente, mas nem sequer tive a chance de recuperar antes de ter o meu mundo virado de pernas para o ar. Drogan atirou-me para cima do ombro como se eu fosse um saco de cereais e levou-me para fora da sala. As minhas mãos pressionavam a parte de baixo das suas costas para manter o meu equilíbrio e tudo o que eu conseguia ver eram os músculos rígidos do seu traseiro gostoso enquanto ele me carregava para fora do edifício, por um caminho empoeirado e para dentro de outro edifício muito menor e distante.

Confortava-me sentir o cheiro do mar e das árvores floridas à minha volta. O céu era num tom um pouco mais escuro de azul, a relva era num verde mais pálido e os sons dos pássaros de outros animais a chamar uns pelos outros não era um barulho que eu conseguisse reconhecer, mas não era assim tão diferente da Terra. Eu vi flores vermelhas, árvores com musgo verde escuro pendurado e troncos longos e claros que iam quase até o céu.

Aqui, em Viken, eu estaria a salvo do meu antigo noivo. Aqui, eu seria protegida e tomada por este homem, Drogan. Ele era enorme e tinha um ar feroz, mas eu queria confiar no emparelhamento. Eu queria acreditar na Guardiã Egara e no que ela tinha me dito, que este homem tinha sido selecionado para mim e que ele era o meu homem perfeito em todo o universo. Eu teria de esperar que eu conseguisse aprender a amá-lo e que ele cuidaria de mim. Ser atirada sobre seu ombro e carregada de uma maneira tão troglodita não era a melhor forma de mostrar o quanto ele se preocupava, mas sem dúvida que me fazia sentir desejada.

Vi o seu pé chutar a porta para fechá-la por trás de

nós mesmo antes de ele me deslizar cuidadosamente, retirando-me de cima do seu corpo para me colocar de pé, diante dele. Juro que senti cada pedacinho endurecido do seu corpo ao descer.

Olhei novamente para ele enquanto me segurava nos antebraços para manter o equilíbrio. Eu mal podia respirar, visto que a ânsia por prová-lo era tão intensa. Eu estudei os seus lábios enquanto ele falava, esperando que ele inclinasse para baixo e tomasse a minha boca com a sua; eu precisava sentir que pertencia a ele. Só a ele.

— Eu sou Drogan, o teu parceiro. — Lentamente, com as suas mãos sobre os meus ombros, ele virou-me para dar de cara com...

— Oh, meu Deus. — sussurrei, os meus olhos arregalaram-se.

— Estes são os meus irmãos. Eles também são teus. — Diante de mim estavam dois outros homens, idênticos a Drogan. Trigêmeos? Caramba! Não. Três não.

— Eu sou Tor. O teu parceiro.

— Eu sou Lev. O teu parceiro.

Virei para o lado para que pudesse ver os três, a minha cabeça ia para trás e para frente como se eu assistisse uma partida de tênis. Tor tinha cabelo longo. Lev, cabelo curto. E Drogan um meio termo. Todos eles estavam vestidos como guerreiros Viking: Lev tinha arco e flechas nas suas costas, Tor tinha uma lança e um escudo e Drogan, uma espada. Eu sentia-me como se fosse a Chapeuzinho Vermelho com três lobos que queriam me comer viva. Embora eu estivesse absolutamente confusa e sobrecarregada, senti a ligação tornar-se ainda mais forte.

— Trigêmeos idênticos? — Guinchei. Eu nunca tinha visto trigêmeos idênticos. Trigêmeos idênticos, *machos* e bonitos. Ver três homens tão lindos era quase como ver um unicórnio. E estes três tinham sido emparelhados comigo. Dentre todas as pessoas no universo, estes bonitões eram meus. Três. Eu não queria três homens. Só um. Eu só precisava de um.

Eles assentiram em resposta à minha pergunta.

— Há diferenças sutis entre nós. Eu tenho uma cicatriz. — disse Lev apontando para a sua sobrancelha. Uma linha branca dividia a sua sobrancelha em duas.

— Eu tenho uma marca de setor. — Tor subiu a manga da sua camisa para mostrar-me uma faixa escura que circundava o seu braço. Uma tatuagem. Parecia algo tribal da Terra.

— Eu não tenho nenhuma característica distinta, mas acho que o tamanho dos nossos cabelos deve ajudar a distinguir-nos. — acrescentou Drogan.

— Eu não posso... ter sido emparelhada com vocês *três*. — Mas eu tinha sido. Eu sabia lá no fundo que tinha sido porque eu sentia a mesma atração, o mesmo impulso pelos três. Não era só com Drogan; o desejo que eu sentia de ser tocada por Drogan era agora uma ânsia de ser tocada pelos três homens. O desejo que eu sentia por Lev e Tor era igualmente forte e assustador. — Qual de vocês fica comigo?

— Nós temos o mesmo DNA. Embora sejamos três homens diferentes, somos, biologicamente, iguais. — explicou Lev.

— Então, qual de vocês é o meu parceiro? — Talvez isto fosse algum tipo de teste. Talvez eles agora iriam decidir qual era o meu parceiro e os outros iriam para casa.

Eles aproximaram-se.

— Ficar contigo? — Perguntou Lev, arqueando a sua sobrancelha com a cicatriz.

— Aquele que vai ficar comigo. Vocês já decidiram ou eu escolho um, ou como é que vai ser?

Eles moveram-se de modo a ficarem todos diretamente diante de mim, parecendo torres sobre mim enquanto o topo da minha cabeça mal chegava aos seus queixos. Se eu levantasse a minha mão, conseguia chegar até lá e tocá-los. Os seus corpos cobriam a luz das janelas e eu senti-me muito, *muito* pequena.

— Nós já decidimos. — disse Tor e os meus ombros caíram de alívio. Eu não conseguia escolher. Não conseguia. O desejo que sentia por cada um deles era simplesmente forte demais. Era melhor deixá-los escolher e simplesmente aceitar o irmão que eles escolhessem para me tomar.

— Todos nós vamos ficar contigo.

Dei um passo atrás. Será que eu tinha ouvido como deve ser? Os três...

— Vocês não podem... quer dizer, certamente que... — eu não conseguia fazer com que as palavras saíssem da boca. Eu não entendia. Não fazia sentido nenhum todos eles me quererem. Na Terra, isto nunca seria permitido; o concílio moral me prenderia só por ter pensamentos tão lascivos. — Eu não posso ficar com vocês três. Isso não se faz. É *ilegal*. — sussurrei.

Lev negou com a cabeça. — Não há nenhuma lei que diga que uma mulher não pode ser compartilhada. Além disso, nós fomos emparelhados contigo. O emparelhamento é legal por si só.

— Eu podia pedir outro. — disse rapidamente.

Eles se aproximaram e eu recuei até que as minhas

costas ficaram contra a parede. — Mas não vai fazê-lo. — os olhos escuros de Drogan se fixaram nos meus e o meu coração bateu tão forte que eu tive medo que ele saltasse para fora das costelas e caísse no chão.

Como eles se atreviam a ser tão grandes e mandões!
— Ah é?— Cruzei os meus braços sobre o peito. — E por que acha isso?

— Porque ao contrário da maioria das fêmeas que passa pelo programa de noivas, você tem *três* homens que foram emparelhados contigo. Três. A ligação já é bastante poderosa com apenas um parceiro. Com três, imagino que seja extremamente *intensa*.

Ele enunciou a última palavra enquanto as suas mãos se levantavam e tocavam em mim. As mãos de Tor acariciavam o meu cabelo, e as de Lev e Drogan tocavam nos meus ombros e deslizavam pelos meus braços. *Intenso* não era a melhor palavra para descrever isto. Era precisamente ardente, quente e forte. Oh, céus, eu não fazia a mínima ideia do que aquilo era. Eu só sabia que nunca tinha sentido aquilo antes e eu... gostava.

Os meus olhos cerraram-se ao sentir a sensação quente das suas mãos sobre mim. Eles não estavam me tocando de forma imprópria, só estavam me... tocando. O desejo proibido que me acometeu fez-me cerrar os dentes. Será que eles me algemariam a um banco especial como eu tinha visto durante o meu processamento? Será que eles preencheriam a minha boceta e o meu cu ao mesmo tempo? Será que dois deles chupariam os meus seios enquanto um terceiro me foderia? Será que eu permitiria? A minha mente dizia que não, mas a minha boceta comprimiu-se só de pensar em ser compartilhada por eles e eu apertei as minhas coxas, juntando-as, tentando parar aquela dor.

— Diga-nos o teu nome.

Com os olhos cerrados, eu não sabia quem falava. — Leah. — sussurrei.

— Leah, nós agora vamos te foder. — disse um homem. Não era uma pergunta. Ele não perguntava, ele informava.

Abri os meus olhos e encarei-os, primeiro a um, depois o outro, e outro. — Sem nenhum jantar? Ou filme? Sem sequer preliminares?

Eles olhavam para mim com curiosidade. — Nós não sabemos o que é um filme, mas se tiver fome, nós certamente cuidaremos das tuas necessidades. — Lev foi sincero nas suas palavras, mas eu não consegui evitar rir.

— Eu nem sequer os conheço e vocês esperam que eu foda os três?

Tor colocou o meu cabelo por detrás da orelha, depois, abaixou-se para ficar ao nível dos meus olhos. — Eu sinto que está nervosa.

Os meus olhos arregalaram-se. — Mesmo?

— Já foi fodida? É virgem?

Eu já não era virgem desde a noite da minha formatura na escola secundária. Esse *não* era o problema. — Não sou virgem.

— Não sente saudades do homem que te tomou pela primeira vez, do homem que te preencheu com sêmen?

— Saudades dele? — Se eu sentia saudades de Seth Marks, que me tirou a virgindade na cama dos seus pais? Ele atrapalhou-se para colocar o preservativo e todo o evento pouco inspirador terminou em mais ou menos trinta segundos. Eu nem sequer tinha ultrapassado a dor daquilo tudo antes de ter terminado. Eu *não* sentia saudades dele.

— Hum... não. Não fui preenchida pelo seu sêmen. — Eu tinha ouvido dizer que ele tinha se mudado para o Arizona e que agora era um profissional do tênis num resort qualquer.

Os três homens estavam bastante relaxados na verdade, o que me surpreendeu. O processo de examinação tinha confirmado, não uma, mas duas vezes que eu não tinha me casado. A Guardiã Egara sabia que eu estava ansiosa por sair da Terra. Eu não tinha ligações, relações amorosas que valessem a pena lembrar e, certamente, não sentia falta de um garoto da escola secundária que nem sequer sabia o que era um clítoris. Eu tive que me preocupar com problemas maiores, como, por exemplo, um noivo obsessivo e perigoso.

Drogan puxou a camisa e passou-a pela cabeça, depois, atirou-a para o chão, por trás dele.

— O que está fazendo? — Guinchei, os meus olhos estavam colados ao seu corpo bem definido. Deus, eu tinha sido emparelhada com *aquilo*?

— Te deixando mais confortável. — ele respondeu.

— Como que tirar a tua camisa vai me deixar mais confortável? — Aquilo estava me deixando um tanto nervosa e com imenso calor. Eu queria levantar as mãos e tocar nele, sentir o calor da sua pele, a suavidade dos pelos encaracolados do seu peito, os gomos dos seus abdominais. Ele era bastante difícil de resistir.

— Prefere que nós tiremos o teu vestido?

Os três homens pareciam bastante ávidos por fazê-lo. O fato de estarem me dando a escolha ou de, pelo menos, fazer de conta que sim, tornava as coisas um pouco mais fáceis.

— Oh... hum, é melhor não.

Drogan olhou para os seus irmãos e eles deram um passo atrás e começaram a tirar as suas roupas. Pouco a pouco, à medida que eles se despiam, ia aparecendo mais e mais dos seus corpos idênticos e muito bonitos. Engoli em seco só de olhar para eles. Eu não fazia a mínima ideia do que estes homens faziam em Viken. Mas sem dúvida que não era estar sentados num escritório ou lidando com papéis.

Foi quando eles desceram as suas calças – não tinham roupa de baixo – e se colocaram de pé diante de mim, nus, que eu vi. Eu não conseguia respirar. Eu nem sequer conseguia acreditar no que estava vendo. Talvez eu tenha olhado durante muito tempo porque eles olharam para baixo e uns para os outros. — Nós não somos como os homens da Terra?

Eles *não* eram como os homens da Terra ou como qualquer homem na Terra que eu tivesse visto... entre as pernas. Os seus pênis eram enormes, como se fossem porretes inchados e palpitantes que se prolongavam para fora dos seus corpos. Veias escuras se avolumavam ao longo dos seus pênis longos e bastante grossos, e as cabeças de pé quase chegavam aos seus umbigos, no entanto, pulsavam na minha direção. Aquilo foi suficientemente deslumbrante, mas o que me fez olhar para eles com cobiça foi o fato de todos eles terem *piercings* nos seus pênis. Eu sabia que havia homens na Terra que colocavam *piercings* em forma de anel no pênis, como se fossem enormes brincos de argola, mas eu nunca tinha visto um. O metal que estava nos pênis dos meus parceiros brilhava como se fosse prata polida e circundava o pequeno buraco no centro da coroa para desaparecer por debaixo dela.

Eu sabia que estilos de *piercings* diferentes tinham nomes, mas tanto quanto eu sabia, não fazia a mínima ideia de quais eram os nomes daquilo. Era carnal. Perverso. Erótico.

Drogan agarrou o seu pênis pela base e começou a acariciá-lo. Um fluido escorreu pela ponta e gotejou sobre o anel metálico.

— Hum...— Eu estava completamente perdida nas minhas palavras enquanto olhava para aquilo. — Os homens da Terra são iguais, mas menores.

Os três homens olharam para baixo, pegando nos seus pênis. Visto que eles eram idênticos, não tinham com quem comparar. Todos eles eram enormes. Se eles estivessem na Terra, poderiam tornar-se facilmente estrelas de filmes pornôs, extremamente ricos e famosos. Reprimi o riso, pensando em como tinha sido emparelhada com três estrelas pornográficas interestelares idênticas, maravilhosos e pauzudos.

— Menores? Os paus dos homens da Terra são menores? Sinto pena das mulheres da Terra. — Lev olhou para mim e piscou o olho. — Sorte tua. Vai gostar muito mais de nos foder.

Nós.

— Eu nunca tinha visto anéis *ali* antes.

Tor também começou a acariciar o seu pênis. — Os homens da Terra não botam *piercings* nos seus paus?

— Alguns, talvez, mas não é comum.

— Aqui é comum. É um ritual de passagem para nos tornarmos homens.

— Confie em mim, vai adorar. — Lev veio na minha direção e acariciou a minha bochecha com os nós dos dedos. Ter de inclinar a minha cabeça para trás ajudou-me a impedir de olhar para o seu pênis, mas eu conseguia senti-lo espremido contra a minha barriga, era duro e espesso, o anel a princípio parecia frio, mas, depois, ia ficando mais quente.

— Temos de te foder, Leah. Agora.

— Porque estão excitados? — Perguntei. Era sério, sem preliminar nenhuma?

— Porque não é seguro para você não estar marcada pelo nosso sêmen.

Eu estava prestes a rir daquele absurdo, mas os três homens não pareciam estar para brincadeiras. Ainda assim, eu tinha de perguntar. — Mesmo?

Agora, foi a vez de Lev franzir a testa. — A tua segurança é crucial.

— Vocês três estão nus, acariciando os pênis e querem falar sobre a minha segurança. Estou tendo dificuldade em compreender como isso tem a ver com seus *sêmens*. — Levantei a mão. — Se querem que eu vá para a cama com vocês, não é assim que vão conseguir.

Drogan e Tor não pararam de se acariciar, mas decidiram bater papo enquanto o faziam.

— O regente disse que não há poder no sêmen dos homens da Terra.

— Portanto, ela não deve estar reconhecendo a razão por detrás da nossa urgência.

Lev manteve os seus olhos em mim, mas acrescentou: — Temos muita coisa para te dizer. — Ele pegou na minha mão. — Vem.— Ele encaminhou-me para o outro lado do quarto, para uma cama que eu antes não tinha notado. Podia ser por estar sobre o ombro de Drogan quando entrei. O estilo da casa – será que era assim que se chamava? – era semelhante ao do outro edifício no qual eu tinha chegado. Chão de madeira, teto com uma madeira semelhante, paredes brancas, janelas quadradas e poucos móveis. Com base nas roupas e na aparência dos edifícios, este não era um planeta muito avançado tecnologicamente.

Eu estava diante da cama, olhando para o lugar onde os homens me tomariam. Não um, nem dois, mas sim três!

— Vou te contar algumas coisas sobre Viken. — Lev colocou-se ao meu lado e pôs as suas mãos quentes nos meus ombros, o seu calor afundou para dentro do meu corpo através do vestido fino que eu usava.

— Seja breve com isso. — disse Drogan, a sua voz ficou mais profunda e o seu pênis... cresceu ainda mais?

Lev inclinou-se na minha direção e sussurrou no meu ouvido, a sua respiração quente me fez estremecer: — Os homens Vikens usam anéis nos seus paus. Confie em mim, vai gostar muito. Quanto ao nosso sêmen, ele é potente. Assim que entrar em contato com a tua pele, mas sobretudo quando preencher a tua boceta, vai dar início à nossa ligação. Os outros homens saberão que você nos pertence e vai impedir que procure o pau de outros homens.

— Pelo que parece, eu tenho três homens. Por que eu precisaria de outro pênis?

Tor sorriu à minha esquerda, a sua mão envolveu a cabeça do seu pênis e os seus olhos estavam colados aos meus seios. — É verdade.

Lev inclinou-se para a frente, pressionando o seu

pênis contra a minha bunda. Eu congelei enquanto as mãos dele aterraram bem nos meus quadris antes de explorarem as curvas da minha cintura e subirem para envolver os meus seios. Eu arfei e contorci-me; não estava pronta para isto, para eles, mas não importava o quão gentis as suas mãos eram no meu corpo, os seus braços pareciam vigas de aço mantendo-me no lugar para que ele me explorasse. — Se você sair desta casa sem que o nosso sêmen esteja dentro de ti, em você, marcando-a com a reivindicação e o nosso cheiro, poderá tornar-se uma presa fácil para qualquer homem que quiser te tomar. Deseja ficar com os teus três parceiros? Ou prefere um estranho?

Já era difícil o suficiente lidar com os homens com os quais eu tinha sido emparelhada. Imagino que não seria mais fácil ficar com um homem que não tivesse ligação alguma comigo. E quando eu vi Drogan na fileira de homens, eu definitivamente *senti* a ligação. Eu sentia-a ainda mais agora, com Lev pressionado contra as minhas costas e os outros dois olhando para mim como se fossem dois caçadores prontos para dar o bote.

— Eu não quero mais ninguém.

— Então, está na hora de te fodermos.

— Mas... vocês não podem simplesmente esperar que eu me deite e abra as pernas?— Apontei para a cama. — Não funciona assim para mim.

— Leah. — disse Drogan, o seu polegar limpou mais pré-sêmen que deslizava pela ponta do seu pênis. — Também não funciona assim para nós.

— É... é bom saber. — Eu estava alvoroçada e nervosa e grata por eles não serem bestas no cio, embora se eu pudesse ter algumas preliminares primeiro, talvez não seria assim tão mau. — Eu sou aquela que vai ter de tomar três homens.

Tor pôs-se diante de mim e colocou o meu cabelo para o lado, as suas mãos descansavam gentilmente sobre os meus ombros, os seus polegares acariciavam o meu pescoço. — Com a tua boceta, boca e cu preenchidos ao mesmo tempo?

Estremeci devido às imagens que invadiram a minha mente. Eu não estava pronta para isso, mas o meu corpo, sem dúvida nenhuma, gostou daquela ideia.

— Nós não vamos te tomar assim... hoje, pelo menos.

Enquanto ele beijava a lateral do meu pescoço, Lev começou a desabotoar-me pelas costas. Eu não conseguia vê-los, mas conseguia sentir cada um sendo solto.

— Eu... eu tenho medo. — assumi, mordendo o lábio.

— Três homem já seria assustador, quanto mais três homens Vikens. — Lev murmurou por trás de mim.

— Você acabou de chegar aqui e tem de ser fodida logo. Nós não duvidamos dos teus sentimentos, mas não deve nos temer. Nós só vamos te dar prazer. — Tor beijou novamente o meu pescoço, o calor da sua boca era gentil e, no entanto, bastante excitante. Era um gesto simples e eu gostava muito mais daquilo do que ser atirada na cama e forçada.

— Nós nunca te machucaríamos. Nunca permitiremos que *ninguém* te machuque. — jurou Lev.

Os outros murmuraram concordando.

— Consigo ver que nós te excitamos. — comentou Tor.

Franzi a testa. — Consegue? — A minha boceta *estava* úmida, mas eles certamente não o sabiam.

— Tuas bochechas coraram. — disse Lev. — Teus mamilos endureceram.

Olhei para baixo, para mim mesma e, efetivamente, os meus mamilos se destacavam no tecido do meu vestido, então, cruzei os meus braços sobre eles. É claro que isso só fez com que o meu decote ficasse ainda mais acentuado, fazendo com que os meus seios praticamente saltassem fora do vestido.

— Este vestido é normal para as mulheres Vikens? — Eu sentia-me como se tivesse saído de um filme do Velho Oeste, excetuando o fato de que estes homens definitivamente não eram *cowboys*.

— Sim. — disse Drogan. — Embora uma mulher deva ser modesta perante os outros, espera-se que uma fêmea seja tudo, menos isso perante o seu parceiro.

— Parceiros. — esclareceu Tor.

— Eu estou... excitada por vocês. — Olhei para cada um deles enquanto admitia aquilo. — No entanto, não é normal simplesmente foder três estranhos.

Eles olharam uns para os outros. — Eu sinto a tua reticência contínua e nós queremos facilitar isto para você. Vou vendar os teus olhos. — Drogan segurou uma tira de pano longa e eu mordi o meu lábio. — Embora nós três estejamos aqui, para te tocar, te dar prazer, não saberá de quem é a boca que está na tua boceta, de quem são as mãos a agarrar os teus seios ou de quem é o pau entrando bem no fundo de ti. Talvez não nos ver cuidando de você será mais fácil de aceitar.

4

 eah

Vendada? Será que ele tentava ser atrevido? A ideia de não ser capaz de vê-los e estar à mercê destes homens não me fez entrar em pânico. Fez a minha boceta comprimir-se. Eu estava nua por debaixo do vestido; eu conseguia sentir o deslizar suave do tecido na minha bunda nua. Desde que cheguei a Viken, senti uma pontada de luxúria centrada ao redor do meu clítoris e eu, definitivamente, não sentia como se tivesse algo por debaixo do vestido. Lev podia levantá-lo agora mesmo e tomar-me por trás. Ou levantar-me enquanto Tor me fodia no ar.

Deus, o que é que se passava comigo? Eu queria que eles fizessem tudo. Queria que eles me fizessem gritar. Precisava me sentir possuída e satisfeita, e total, completamente tomada. Só assim eu me sentiria segura aqui, só assim eu pararia de sentir medo de ser mandada de volta para a Terra.

— Tudo... tudo bem.

Eu já não estava na Terra. Não tinha de viver conforme as regras da Terra. Eu tinha três homens gostosos e idênticos que queriam me foder. Por que eu os rejeitaria? Não era como se eles tivessem planejado foder-me e me deixar. Eles eram meus assim como eu era deles. Eu era a parceira emparelhada com eles.

As minhas amigas – aquelas que eu tinha antes de ter ficado noiva...

Drogan levantou o pedaço de tecido para cobrir os meus olhos enquanto Tor deslizava para baixo, para se ajoelhar diante de mim, as suas mãos descansavam possessivamente sobre a curva de meus quadris. Lev pegou nas pontas da venda e atou o tecido suave por trás da minha cabeça enquanto as mãos de Drogan repousavam sobre os meus seios enormes. Lev beijou a parte de trás do meu pescoço, tirando cuidadosamente o meu cabelo do caminho. Eu estava cercada por eles e dando-lhes o controle. Eu nem sequer seria capaz de ver qual deles me acariciou ou a quem pertencia o pênis que seria enfiado dentro da minha boceta.

— Mais... mais ninguém vai participar?

— Ninguém. — murmurou Drogan, depois, beijou a lateral do meu pescoço. — Nós vamos te compartilhar somente entre nós, mas com mais ninguém.

À medida em que o mundo escurecia, os meus outros sentidos aumentavam instantaneamente. Lambi os meus lábios, nervosa. Eu conseguia ouvir a respiração deles. Notei o cheiro. Era algo escuro e amadeirado. Quando as mãos de Lev terminaram de abrir os botões nas costas do meu vestido, ele deslizou pelos meus ombros e caiu como se tivessem puxado um pano de seda para a inauguração de uma estátua. O tecido deslizou suavemente pelos meus seios e quadris, caindo no chão aos meus pés. O ar acariciou a minha pele nua.

— Agora, nós vamos nos mover para que você não saiba quem é quem a te tocar.

Eles deixaram-me ali em pé sozinha durante alguns segundos, andando em volta do quarto e voltando para perto de mim um a um. Eu não sabia de quem eram as mãos que tocaram nos meus seios. Arfei enquanto eu era apertada e acariciada, polegares varriam os meus mamilos duros e doloridos.

Outro conjunto de mãos deslizou sobre a minha barriga, quadris, descendo pela parte de fora das minhas pernas. Uma mão ancorou no meu joelho e eu fui obrigada a afastar mais as pernas. A mesma mão subiu pela parte interna da minha coxa até minha vagina. Ele não foi rápido, mas também não se demorou.

— Tão rosada.

— Mamilos bonitos.

— Lábios vaginais cheios.

Eu não conseguia perceber quem falava, visto que as vozes eram iguais, mas mexi-me desconfortavelmente sob o escrutínio deles.

— Agora, vou marcá-la. — Consegui ouvir o som de um deles acariciando o pênis. Podia distinguir até mesmo as vibrações do meu coração.

— Rapazes, eu não tenho certeza se...

— E isto. Ela está enfeitada de forma tão bela. Tão suave. Tão macia.

Alguém tocou no meu clítoris e meus quadris

tremeram devido à intensidade do toque. Era um toque ardente, intenso e poderosamente excitante. — Oh, céus, o que... o que foi *isso*?

— Vocês não têm anéis clitorianos na Terra?

Fiquei quieta por alguns instantes enquanto eu processava o que ele tinha dito e, comecei a sentir lábios suaves no meu corpo. Um anel clitoriano? Um dedo deslizou pela minha boceta.

— Eu não tenho pelos. — eu disse, mais para mim mesma do que para os três homens enquanto um dedo deslizava por mim, sem barreiras. Eu estava completamente depilada. Embora tivesse me depilado e mantido a minha vagina com um corte baixo, isto era algo completamente diferente.

O parceiro ajoelhado diante de mim pressionou com dedos e lábios e com o deslizar ardente da sua língua. — Os teus lábios vaginais são suaves por debaixo dos meus dedos e bastante claros. É rosa, inchada e tem um néctar doce e brilhante. — Eu estava tendo dificuldade em focar nas suas palavras porque eu não estava verdadeiramente focada nas suas palavras, mas sim na forma como o beijo no meu novo anel clitoriano me atraía. Eu não tinha visto o anel, mas eu sabia que eles existiam. Imaginei a sua língua circulando e a chupando o pequeno metal redondo que tinha sido inserido na ponta. Ele movimentou a língua sobre a zona gentilmente e um palpitar de prazer se espalhou desde ali até o meu núcleo, endurecendo os meus mamilos e me fazendo arfar. A zona estava bastante sensível.

— Eu não vou durar muito tempo ao vê-la assim. — disse um deles enquanto continuava a acariciar-se. Eu conseguia ouvir o deslizar carnudo do seu punho sobre o seu pênis, o som reconhecível de um homem a dar prazer a si mesmo. A sua mão começou a mover-se rapidamente e ele aproximou-se.

— Eu nunca... quer dizer, um anel, por quê?

O que estava ajoelhado diante de mim continuou a brincar com a sua língua no anel clitoriano enquanto as suas mãos se moviam rapidamente para o interior dos meus joelhos, abrindo-os ainda mais para que ele pudesse ter mais acesso, para que pudesse acariciar-me com toda a sua língua. Para que pudesse me foder com a sua ponta exploradora e chupar-me.

Os meus joelhos cederam e braços fortes agarraram-me por trás enquanto o ataque sensual continuava tanto nos meus seios, quanto no meu núcleo. O homem que estava nas minhas costas pressionou o seu pau duro no meu traseiro, a sua voz grossa preencheu o meu ouvido. — Todas as parceiras são adornadas desta forma. Faz com que foder seja mais prazeroso. E o mais importante é que não haverá dúvidas, para qualquer macho, de que nos pertence.

— Toque em mim. — rosnou a voz por trás de mim. Incapaz de resistir à sua ordem, levei a minha pequena mão atrás e envolvi-a ao redor do seu pau extremamente grosso e inchado. Fluido escorreu pela ponta e pelos meus dedos. Era quente e escorregadio e quando tocava na minha pele, a sensação era incrível. — Com mais força, parceira. Faça-me gozar.

Eu fiz conforme ele ordenou, visto que eu não conseguia evitá-lo.

Será que eu sempre sentiria o anel clitoriano enquanto caminhava? Será que sempre me deixaria excitada?

— Aperta-me com força. Faça-o agora. — ele rosnou.

Eu senti o seu pênis sacudir e mexer na minha mão enquanto jatos espessos de sêmen eram lançados desde o seu pau inchado, aterrando diretamente no meu traseiro e na curva da parte de baixo das minhas costas. Quando estava contra a minha pele era quente. A cada palpitar, caía mais em mim. Ele expirou quando terminou e os três homens pararam ao meu redor, como se estivessem à espera da minha reação. Eu nunca tinha tido o meu corpo marcado pelos riscos molhados de sêmen.

Eu larguei o seu pênis e, embora ele tivesse acabado de libertar a sua essência, ainda estava duro. Enquanto eu o largava, as suas mãos largaram a minha cintura para espalhar o seu sêmen por trás de mim, como se fosse creme. — Consegue senti-lo? — ele sussurrou.

Eu franzi a testa, achando as atitudes dele um pouco estranhas. A maioria dos homens pegaria num pano e limparia o seu sêmen de mim, mas ele cobriu o meu traseiro com ele, deslizava pelo meu corpo e passava os seus dedos escorregadios por minhas dobras, misturando os nossos fluidos.

Onde quer que ele tocasse, eu sentia uma ardência quente, como se ele estivesse espalhando um creme medicinal concebido para aquecer a minha pele. Entre as minhas pernas estava ainda mais quente, fazendo o meu clítoris palpitar e doer. Eu tinha as minhas atenções voltadas para os seus dedos enormes e bruscos – reluzindo com o seu sêmen – movendo gentilmente entre as minhas pernas e sobre o meu traseiro.

O homem que estava diante de mim chupou o meu clítoris com força; o outro, desceu a sua boca quente até o meu mamilo com uma mordida suave e os meus joelhos viraram gelatina. Eu agora *conseguia* sentir algo de diferente no meu sistema, como se fosse a adrenalina de uma droga a retumbar pela minha corrente sanguínea. Mas eu não estava drogada, estava excitada. Carente. Vazia.

— Eu vou cair.

Num movimento rápido, o parceiro de trás me pegou com os seus braços – desta vez não me atirou para cima do ombro – e carregou-me até a cama, deitando-me gentilmente sobre ela. O cobertor parecia frio na minha pele quente. Algo se passava comigo. Quando estive com homens, no passado, levou imenso tempo e exigiu muitas preliminares até que eu ficasse excitada o suficiente para fazer sexo, e, ainda assim, eu tinha que me tocar para conseguir gozar. Eu só tinha tido dois namorados, mas nenhum deles conseguiu me fazer gozar por si só. Eu sempre tinha de ajudar.

Mas, deitada aqui, vendada, eu conseguia sentir a atração calorosa dos três guerreiros a pairar sobre mim. Eu sentia-me pequena, indefesa e totalmente à mercê deles. Imaginei-os com um ar identicamente sombrio nos seus rostos, com luxúria, fome e uma exigência implacável. Deitada aqui, eu estava mais perto de gozar do que alguma vez tinha estado com qualquer outro homem – e eles mal me tocaram.

— O sêmen está funcionando. — comentou um deles. Inclinando-se para a frente, ele agarrou os meus tornozelos e puxou-me para a parte de baixo da cama para que eu ficasse mesmo na pontinha. Ajoelhando-se, ele abriu as minhas coxas, colocando uma perna em cada ombro.

— Os homens do Setor Três adoram comer boceta. — Os seus polegares acariciaram as minhas dobras inchadas. — E eu não sou exceção, parceira. A tua boceta é minha.

Ele abaixou a sua cabeça e passou a sua língua por toda a minha junta, depois, terminou por agitar o anel com a sua língua.

Afastei as costas da cama com um gemido suave enquanto aquela língua enorme invadia a minha vagina com empurrões duros e rápidos. A venda permaneceu nos meus olhos e enquanto a língua do meu parceiro trabalhava no meu núcleo, outro inclinou-se, aproximando-se de mim e sussurrou a sua promessa contra os meus lábios: — Nós vamos te foder, Leah. Nós três. Mas não até que goze para nós.

— Mas...

A intensidade do prazer da sua língua no meu clítoris era demasiada. Quando ele deslizou um dedo para dentro de mim, comprimi-me, ansiosa para que algo me preenchesse. Mas foi quando os seus lábios prenderam o meu clítoris, chupando-o com força e ele mexeu os dedos dentro de mim e acariciou-me no meu ponto G – Deus, sim! Que eu gozei – meus quadris se sacudiram e eu gritei. Alto.

O que estava se passando comigo? Eu tinha acabado de conhecer estes homens e estava nua, de pernas totalmente escancaradas e com um deles lambendo e mordiscando a minha boceta. Três homens! Eu era uma vadia. Algo deve ter acontecido durante o transporte porque eu agora era uma grandessíssima puta. Mas o meu parceiro era tão habilidoso que fazia ficar cada vez mais perto de gozar com a sua boca e eu não podia me importar menos.

— É tão bom! — gemi.

— Só bom? — Ouvi. — Vamos tornar isso ainda melhor.

A voz soava como se eu os tivesse insultado. Uma

mão enorme se emaranhou no meu cabelo, entrelaçando-se e puxando-o até arquear a minha cabeça para trás com uma pontinha de dor. Ao invés de me queixar, arqueei os meus seios no ar com um grito suave. Eu queria mais. Precisava de mais. Como se eles conseguissem ler a minha mente, uma segunda mão desceu no meu pescoço e eu me contraí gentilmente, não era uma ameaça, era domínio, uma exigência; eles exigiam a minha confiança.

Eu deveria ter sentido medo, deveria ter implorado para que parassem, mas o toque deles deixava-me louca, fazia-me ir além dos meus próprios pensamentos. A boca e as mãos de um dos meus parceiros acariciava o meu núcleo, fazendo-me perder os meus sentidos enquanto uma boca quente abocanhava cada um dos meus mamilos, chupando-os e puxando-os. Eles seguraram-me, e eu não conseguia ver nada, não conseguia reclamar. Não conseguia fazer nada além de me despedaçar.

Eu gozei. Gritei. Eu me debati. Subi às alturas.

Foi como se eu estivesse tendo uma experiência fora do corpo, o prazer era tão incrível; era brilhante, quente e ofuscante, mesmo com os meus olhos tapados. Os homens não abrandaram, não me deram nem um segundo para recuperar, visto que suas bocas não paravam, e os dedos grossos e maliciosamente talentosos continuaram a deslizar para dentro de mim.

O suor rompeu na minha pele. O meu coração estava tão acelerado que parecia que ia saltar para fora do peito. Eu não conseguia recuperar o fôlego enquanto eles me tomavam novamente.

Comigo deitava, fraca e plena, as minhas pernas eram retiradas dos ombros do meu parceiro. Mãos enormes empurraram os meus joelhos para trás, para perto do meu peito e outros dois pares de mãos agarraram as minhas coxas, abrindo-as totalmente para que eu fosse fodida. Eu senti um pênis tocando na minha entrada, o anel metálico deslizou sobre a minha pele sensível enquanto eu era aberta e preenchida lentamente. A curva do anel roçou no ponto sensível dentro de mim, que foi despertado pelo toque dos dedos do meu parceiro. A minha boceta estava tão inchava e apertada, tão sensível que eu não consegui reprimir o gemido que saiu.

— Estou tão cheia. — sussurrei, a minha boca estava seca de tanto gritar de prazer.

Eu não fazia a mínima ideia qual dos homens me fodia, e, por alguma razão, isso me fez sentir mais fogosa do que alguma vez me senti na vida. Uma boca tomou a minha num beijo ardente. Não foi um beijo gentil, não foi um beijo domável. Eu virei a minha cabeça para o lado para chegar mais perto da sua boca e a sua língua deslizou para dentro. Eu provei-o. O sabor era doce, almiscarado e delicioso. Tentei levantar as mãos e envolvê-las nos seus cabelos, para descobrir quem me fodia, quem me beijava e quem chupava os meus seios.

Não me permitiram. Mãos fortes agarraram os meus pulsos e mantiveram-nos na cama, sobre a minha cabeça enquanto o seu irmão esmagava a minha boceta com o seu pau enorme, fodendo-me até eu me debater com a cabeça de um lado para o outro e começar a implorar para que eles acariciassem o meu clítoris, me fizessem gozar outra vez, me dessem algum alívio.

O homem que me fodia moveu as suas mãos para a parte de trás das minhas coxas, responsabilizando-se por me manter completamente aberta para que os seus irmãos conseguissem agarrar os meus seios e puxar os meus mamilos. Umas mãos agarraram minha bunda, abrindo-me para que o seu irmão me fodesse, dedos duros se aprofundavam para dentro de mim e mantinham-me exatamente onde eles me queriam. Eu não sabia quem me fodia e, eles tinham razão; não saber era mais fácil.

Os sons da foda preencheram o ar úmido, ouvia-se o som úmido e escorregadio de um pênis deslizando para dentro e para fora da minha boceta. A respiração intensa deles misturava-se com os meus suspiros e gritos de prazer.

— Ela é tão apertada. — Aquelas palavras fizeram-me comprimir o pau para dentro de mim. O anel metálico acariciou-me, o meu próprio anel clitoriano era tocado cada vez que eu era preenchida. Eu ia gozar outra vez. Parecia diferente desta vez. E mais. Eu nem sequer me tocava, o que por si só era incrível. Eu tinha gozado duas vezes só com a boca do meu parceiro e eu ia gozar novamente... muito em breve, por estar sendo fodida.

— É... Oh, céus, é tão bom! — disse eu respirando para dentro da boca quente que me beijava.

— Goze, Leah. Eu quero te sentir gozando no meu pau. — A ordem intensa chegou até mim vinda do homem que me fodia, a sua ordem era severa e insistente.

Não foi preciso mais do que isso. As palavras dele foram o suficiente para me fazer gozar; eu arqueei as minhas costas enquanto obedecia novamente, a boca do meu outro parceiro engolia os meus gritos de prazer. O pau que me preenchia não abrandou, movimentava-se cada vez mais depressa, num ritmo mais selvagem. Ele injetou-me uma última vez com o seu sêmen e manteve-se dentro de mim enquanto eu recuperava o meu fôlego. Senti o seu sêmen cobrindo as paredes da minha boceta, e, preenchida com um jato quente e longo, gozei outra vez. Eu conseguia sentir o seu sêmen quente jorrar bem dentro de mim, e a sensação de ser embebida com ele era intensa demais.

Alguns segundos mais tarde, as mãos que seguravam as minhas coxas para cima e para trás relaxaram, o pau que estava dentro de mim saiu lentamente enquanto a atenção do meu outro parceiro se transferiu para o meu mamilo negligenciado, puxando-o e chupando-o enquanto eu gemia, surpresa por sentir a carência crescer novamente, ainda mais depressa desta vez. Um jato de sêmen saiu de mim depois do pênis do meu parceiro sair também, o sêmen escorria da minha boceta pelo meu traseiro.

Fiquei ofegante enquanto tentava abaixar as minhas pernas, colocando-as sobre a cama. Eu nem sequer tive chance.

— Nós ainda não terminamos, Leah. — O parceiro que me beijava trocou de lugar com o seu irmão para tomar o seu posto entre as minhas coxas. Enquanto o seu pau grosso me preenchia, eu me contorci, desesperada para fugir das sensações que sobrecarregavam o meu corpo. Eu não tinha um amante há bastante tempo e os pênis destes homens eram enormes. Eu não estava habituada a um cuidado tão ávido e minucioso.

— Pare de se mexer. — O meu parceiro tomou o seu lugar ao meu lado, a sua mão deslizava para a minha garganta num movimento que me fez estremecer, totalmente rendida. O seu irmão mordeu o meu mamilo, a sua mão segurava os meus pulsos sobre a minha cabeça enquanto um pênis enorme tocava no fundo do meu núcleo, pressionando contra a entrada para o meu útero com uma pontada de dor.

Ele tirou e entrou com força, as suas bolas atingiam o meu traseiro e a ponta do seu pênis batia contra o meu útero como se estivesse acontecendo uma explosão dentro de mim. A minha boceta ardia por causa do sêmen do meu primeiro parceiro, as químicas às quais eles falaram percorriam o meu sistema como se fossem um relâmpago. Eu deveria ter pensado que aquilo era absurdo, mas eu não conseguia negá-lo. Eu não conseguia me mexer. Não conseguia pensar.

Ele me fodeu com força e rápido, sem delicadeza alguma, apenas um poder cru e animal que me levou além do meu limite com um ímpeto que me fez gritar. E, depois, ele também palpitou dentro de mim, o seu pau preenchia-me com mais sêmen, com mais prazer.

Oh, meu Deus, eu ia morrer com tantos orgasmos.

Então, ele deixou-me, e eu sabia que ainda não tinha acabado. As mãos que me seguravam soltaram-me e eu mordi o meu lábio, esperando que o terceiro pau me preenchesse. Ao invés disso, arfei enquanto era facilmente virada de barriga para baixo, uma almofada foi colocada em meus quadris para que o meu traseiro ficasse virado para o ar.

— Eu acho que não consigo aguentar mais. — murmurei, o cobertor frio refrescou a minha bochecha e mamilos sensíveis.

Um estalo incisivo preencheu o ar antes de eu sentir o ardor na minha bunda. Sacudi-me, surpresa, mas um pênis escorregou por entre as minhas dobras gotejantes e deslizou para dentro, mantendo-me no lugar.

— Me bateu! — Eu não sabia para qual dos irmãos eu gritava.

— Vai tomar tudo aquilo que te dermos.

Virada para o outro lado, o anel no seu pênis acariciou-me numa parte diferente da minha boceta e suscitou sensações diferentes. Este irmão não era cuidadoso, mas eu estava tão escorregadia por causa do sêmen e da minha própria excitação que ele nem precisava ser. Ele fodeu-me com força, sua pélvis batia contra mim. Uma mão acariciou o meu cabelo, outra, acariciou a longa linha das minhas costas. Uns dedos agarraram novamente minha bunda, amassando a carne suave e abrindo ainda mais o meu núcleo para que ele usasse e tivesse prazer.

Eu estava prestes a gozar novamente, estava perdida para tudo o que não fosse as mãos que me tocavam, o pau que me preenchia e as palavras excitantes que eles murmuravam. As mãos que esfregavam a minha entrada traseira, primeiro, eram extremamente suaves, depois, começaram a pressionar com mais força, levando-me além do meu limite. Eu estava escorregadia por causa do sêmen que me cobria o corpo, ele deslizou para dentro de mim enquanto todo o meu corpo enrijecia, depois, relaxava devido ao prazer que me consumia. Um grito se acumulou na minha garganta, o som ficou preso com a minha respiração nos meus pulmões. Os meus dedos agarraram a roupa de cama, isso e as mãos que me agarravam eram a única coisa que me mantinha imobilizada. Eu estava perdida, voando longe.

Eu nunca tinha inserido nada no meu cu. Mas eu estava há menos de uma hora em Viken e tinha um pênis na minha boceta com um dedo deslizando dentro e fora do meu cu. Comprimi os dois, tentando mantê-los dentro de mim, talvez até empurrá-los mais para dentro. Senti o pênis em mim engrossar, mesmo antes de outro jato de sêmen preencher-me. Ele gemeu – eu não sabia quem era – e, certamente, eu iria ficar com marcas nos meus glúteos devido à forma como ele me agarrava.

Uma mão entrelaçou-se novamente nos meus cabelos, tirando a minha cabeça da cama e obrigando-me a aproximar-me do seu irmão, que me tirou o ar com o seu beijo e enfiou a sua língua na minha boca tal como enfiava o seu pau na minha boceta, ele enfiava dentro e fora de mim, fazendo com que nada ficasse intacto. Fazendo com que nada fosse sagrado. Nada fosse meu. Este corpo não era meu. Pertencia a eles, aos meus parceiros.

O meu corpo estava saciado, muito mais do que pleno, mas de alguma forma eles conseguiram obrigar-me a gozar novamente, com um orgasmo contínuo e suave que me surpreendeu. Eu gemi perante as ondas incessantes de prazer que fluíam por mim.

Lentamente, o pênis que me preencheu saiu, fazendo o anel deslizar uma vez mais pelos tecidos sensíveis. O dedo saiu do meu cu. Deixaram-me ali, vendada, enquanto duas mãos enormes me mantinham no lugar, afagando suavemente as minhas costas. Eu estava satisfeita por não ter de me mexer, sentia que tinha sido bem manobrada, e, ainda assim, o cuidado contínuo da parte deles me confortava.

— Ótimo, o sêmen está dentro dela.

Eu estava muito exausta para sequer pensar sobre o que eles estavam falando. Os meus olhos cerraram-se enquanto as mãos deles acariciavam a minha pele, como se não conseguissem parar de tocar em mim.

— Acham que esta semente vai criar raízes?

— Não deve ser assim tão fácil, certo?

— O poder da semente já funciona. Ela gozou ao mesmo tempo que nós. Todas as vezes. A ligação é forte.

— É o corpo dela puxando a semente para o ventre dela.

— Vamos manter os quadris dela levantadas um pouco.

— Não queremos que ela desperdice nenhuma gota.

Eu não conseguia saber quem falava, e também não estava preocupada. Adormeci sem preocupação alguma. Eu tinha três homens que me queriam, que gostavam de mim e que estavam ávidos para me foder. Talvez, ficar em Viken não fosse assim tão mau.

5

 *ev*

Embora não tenhamos dormido como ela, continuamos sentados na cama tocando-a. Cada um de nós vestiu-se enquanto os outros dois continuavam com ela. Por acordo implícito, nós não queríamos deixá-la sozinha, intocada, nem mesmo por um minuto. Eu conseguia sentir a forte ligação que agora partilhávamos. Era como se uma parte de mim, que eu nem sequer conhecia, estivesse perdida e, agora, tivesse sido encontrada. A ideia de ela ser separada de mim era terrível demais para conseguir sequer pensar nisso. Embora o poder do sêmen tivesse evoluído na nossa raça de modo a vincular uma fêmea a nós, a força do seu efeito em mim era o suficiente para fazer com que tanto o meu peito, quanto o meu pau doessem. O meu pau palpitou, pronto pra tomá-la novamente.

Mas isso teria de esperar. Quer fosse pelo transporte desde a Terra até aqui ou pela foda, ela estava exausta. Seus cílios ruivos descansavam sobre as suas bochechas pálidas enquanto ela estava deitada de barriga para baixo, de traseiro levantado para o ar. Palmas de mãos marcavam a sua pele clara, um sinal temporário do nosso domínio.

Era difícil não a tomar novamente, visto que o seu traseiro rosado e deslumbrante e a sua boceta bastante inchada estavam totalmente à vista. Só havia um pouco de sêmen agarrado às suas dobras. Manter os quadris dela elevados tinha certamente ajudado a manter nossa porra misturada dentro do seu útero para garantir não só que ela engravidaria rapidamente, mas que o poder do sêmen a controlaria. Eu queria acariciar o meu pau novamente, tomá-lo entre as minhas mãos e libertar o meu sêmen sobre a sua pele pálida, espalhar a minha essência e o meu cheiro sobre cada pedacinho do seu corpo, torná-la minha e somente minha.

Mas isso não a faria feliz; ela precisava que nós três a fodêssemos, a marcássemos com a nossa semente. Ela gostava de ser tomada de forma cuidadosa. Ela gostava que lhe comessem a boceta. Gostava de ser fodida com força. Ela tinha sido verdadeiramente emparelhada com nós três. Eu conseguia ver o mesmo desejo ardente, os mesmos impulsos protetores que eu agora sentia por esta mulher nos meus irmãos. Ela tinha reagido a cada um de nós a cada vez, uma amante selvagem e atrevida, ávida pelos paus de cada um. Cada um de nós seria capaz de morrer para protegê-la, e isso não era uma promessa que um guerreiro fazia levianamente.

Ouvir gritos do lado de fora do edifício foi o primeiro sinal de que algo não estava bem. Ficamos tensos, prontos para combater; as nossas mentes mudaram o foco para um eventual perigo. Drogan foi até a janela e olhou lá para fora.

— Flechas. Estão atirando flechas. — A primeira explosão acordou a nossa parceira e ela mexeu-se na cama. Drogan deu meia-volta e olhou para mim, os seus olhos cerraram-se e a sua mandíbula apertou. — Por que raios o Setor Dois está atacando Viken Unida?

Ele caminhou em passos largos desde a janela para se colocar diante de mim, a sua mandíbula cerrou-se com tanta força quanto as suas mãos.

— Não estamos. Não o faríamos. — aproximei-me de Drogan. Eu não seria intimidado.

— Então, por que é que há centenas de flechas furtivas pelo ar à procura de alvos humanos? Por que é que suas equipes explosivas disparam contra os edifícios daqui?

Eu fui até a janela para confirmar as suas palavras. Aquelas flechas furtivas eram, sem dúvida nenhuma, utilizadas especificamente pelo meu setor.

— O Setor Dois é o único que utiliza flechas furtivas programáveis. — rosnou Tor. — O que está tentando fazer? Fugir ao emparelhamento? Matar um de nós? Ou manter Leah — ele empurrou o seu queixo na direção da nossa parceira — só para você?

Leah agitou-se novamente, mas não acordou totalmente. Isso só mostrava a forma intensa como a tínhamos usado. Mesmo sendo cuidadosos, ser tomada por três homens era extenuante. Agora, com uma ameaça sobre nós, ela parecia suave e vulnerável demais.

— Se não queria fazer isto, deveria ter dito antes de a fodermos. — acrescentou Drogan.

Avancei rapidamente na direção da janela com Tor seguindo-me. Uns enxames de flechas negras pairavam no ar, à espera para atacar ao mínimo movimento feito no solo. Várias delas eram pretas com pontas vermelhas, e explodiriam assim que incidissem sobre algo. Mas aquelas não eram as minhas flechas e aqueles não eram os meus homens a dispará-las. — Por que eu faria isso? Se eu quisesse uma parceira, eu teria dito. Nenhum de vocês teria se queixado no início.

— Sim, mas isso foi antes de a termos visto, antes de a termos fodido. — comentou Tor, olhando sobre o ombro enquanto Leah se agitava na cama. — A minha semente, tal como a sua, agora está dentro dela. Ela é minha e eu não vou desistir dela.

Ela acordou com um pequeno bocejo e esfregou o rosto, depois, ela percebeu o quão exposta estava. Com mãos atrapalhadas, ela colocou-se de quatro, puxando o cobertor para cima e envolvendo-o ao redor do seu corpo. Frustrada com a almofada sobre a qual ela tinha descansado, tirou-a do seu caminho.

Com o seu corpo majoritariamente coberto, com o seu cabelo desgrenhado e a sua pele clara ainda rosada devido aos nossos cuidados, ela parecia mais decadente e desejável do que nunca. O lençol branco só enfatizava o brilho pálido sobre a sua pele suave e a cor vermelho escuro, tipo sangue, do seu cabelo sedoso. Ela olhou ao seu redor, para o quarto, segurando o cobertor para cobrir os seus seios. — O que está acontecendo?

— O Setor Dois está atacando Viken Unida.

Os seus olhos arregalaram-se enquanto ela deslizava para fora da cama e caminhava para perto de nós. — O que é Setor Dois?

Do peito para baixo, ela estava totalmente coberta, somente a sua perna delgada espreitava para fora do cobertor enquanto ela caminhava. Os seus ombros estavam nus, e eu ansiava por poder beijá-la ali. Drogan agarrou-a e colocou-a atrás dele. — Fique longe da janela.

— Não é o raio do Setor Dois. — repeti. Passei uma das mãos pelos meus cabelos. — Pensem, irmãos. Nós não sabíamos o motivo pelo qual o regente nos chamou aqui até termos chegado. Ele contou-nos mesmo antes do transporte dela.

— O que é Setor Dois? — Repetiu Leah.

— É o lugar de onde eu venho.

Tor e Drogan pararam e tomei vantagem. Pelo menos eles estavam ouvindo. É bem mais do que o que teria acontecido antes de compartilharmos uma parceira.

— Por que eu planejaria algo desse tipo? Pensem de forma estratégica. As flechas são obviamente do Setor Dois. Se isto fosse um ataque meu, eu seguramente utilizaria outra coisa para desviar a culpa. Talvez um de vocês tenha planejado isto e pretenda envolver-me.

Eles olharam uns para os outros.

— Alguém está fingindo ser do Setor Dois para arranjar confusão entre nós. — disse Drogan.

Isso foi o que eu pensei. — Se nós lutarmos uns com os outros, então, não poderemos engravidar Leah. E a aliança entre os nossos três setores falhará.

Nós três olhamos para a nossa parceira, desgrenhada

e bem fodida e ela espreitou por trás das costas largas de Drogan.

— Ela pode estar grávida agora. — comentou Tor. — Nós colocamos sêmen suficiente nela.

— Grávida? — Ela saiu de trás de Drogan. — O que vocês querem dizer com grávida?

Certamente as mulheres da Terra não engravidavam como as mulheres em Viken.

— Você vai dar à luz o verdadeiro e único líder de Viken. — disse-lhe Tor.

Ela saiu totalmente de trás de Drogan. — Então vocês me foderam porque eu sou apenas uma égua parideira? Porque vocês querem uma criança para fazer sua aliança estúpida e não porque me queriam?

A mágoa misturou-se com a raiva tingindo as suas palavras. Eu vi o ar de derrota esmagadora nos olhos dela e a forma que ela deixou cair os ombros.

— Eu não sei o que é uma égua parideira, mas não soa bem. Nós te queríamos, Leah. — disse eu, dando um passo na sua direção. Ela recuou, desviando o olhar.

— Céus, os homens são todos iguais em qualquer lugar. — resmungou ela. — Eu deixei a Terra para fugir de um idiota que me queria ter como propriedade dele e, agora, tenho três deles.

— Nós agora não temos tempo para nos explicar. — disse-lhe Drogan. — Isto é muito mais do que apenas o plano do regente, a não ser que ele soubesse de alguma farsa das facções rebeldes ou da existência de algum inimigo novo.

— Um inimigo que está fingindo ser do Setor Dois — disse eu.

— Então, estamos de acordo quanto a cooperarmos

uns com os outros? — Tor olhou entre nós e lançamos olhares idênticos um ao outro. Frustração, raiva, proteção.

Proteção. Era isso. — Eles querem Leah.

Tor e Drogan pararam. — Isso era um motivo excelente para quererem que lutássemos uns contra os outros. — acrescentou Tor.

— Quem? — perguntou ela. — Quem me quer?

Além dos três homens emparelhados com ela? Além dos três homens que a foderam e lhe deram a semente deles? Além dos homens cujo poder da semente ela desejaria muito em breve?

— Nós não sabemos, mas é nosso dever, nosso privilégio, manter-te em segurança.— disse-lhe Tor.

— Sim. — concordou Drogan.

— Tememos que seja o alvo de uma facção de rebeldes que querem manter o planeta dividido, que não querem que tenha no teu ventre o único e verdadeiro herdeiro. — disse eu.

Tor foi à janela, depois, abaixou as cortinas. — Temos de nos separar e sair de Viken Unida.

Viken Unida era um território neutro. Uma pequena cidade localizada numa ilha, permitia que todos os setores comparecessem a reuniões pacíficas. Era raro haver encontros entre os representantes dos setores; eu nunca tinha estado com os meus irmãos antes de hoje. Talvez tenha sido por sermos idênticos ou por agora termos um objetivo comum, especialmente com o poder da semente operando em nós, eu simplesmente senti as nossas diferenças dissiparem-se. O nosso foco anteriormente era sermos líderes bons e responsáveis nos nossos setores. Mas agora? Agora estávamos unidos por Leah.

— Sim, nós podemos reunir-nos novamente, em

algum lugar neutro, num lugar onde ninguém reconheça um dos três líderes de setor ou a sua parceira. — Eu caminhei enquanto falava, Leah observava-nos com olhos receosos e magoados.

— Um centro de treinamento de noivas Viken? — Tor deu a sugestão e quanto mais eu pensava sobre aquilo, melhor me soava a ideia.

— Uma cabana de foda? — O apelido tinha se mantido visto que todos os machos do planeta sabiam exatamente o que acontecia nas cabanas isoladas construídas nos terrenos dos centros de treinamento. As mulheres eram treinadas, levavam palmadas e eram fodidas até se tornarem submissas. A ideia de levar Leah para lá, de a amarrar, de colocar o seu traseiro virado para o ar para que eu lhe desse umas boas palmadas, ter as suas pernas abertas prontas para receber o meu pau... tive de ajeitar o meu pau nas calças só de pensar nisso. No Setor Dois, nós dominávamos as nossas mulheres, cuidávamos de todas as suas necessidades e também dos seus desejos mais sombrios. Nós nos certificávamos de que elas nunca procurassem por outro, nunca precisassem de outro, nunca tivessem fantasias secretas por realizar. Eu mal podia esperar para descobrir as fantasias obscuras que se escondiam por detrás dos olhos inocentes da Leah.

Os Vikens construíam centros de treinamento que normalmente eram usados pelos guerreiros quando voltavam das fronteiras da guerra com a Colmeia nas profundezas do espaço. Os guerreiros Vikens serviam nas naves de combate interestelar, lutando contra a Colmeia, assim como todos os outros planetas membros. Embora eles estivessem mandando menos guerreiros do que no passado, os homens ágeis e habilidosos ainda estavam nas fronteiras. Os guerreiros que eram sortudos o suficiente para receber uma condecoração e a patente de oficial recebiam uma noiva através do programa da Aliança antes de voltarem para casa. Os centros de acasalamento forneciam a privacidade, a segurança e o equipamento necessários para treinar uma nova noiva.

— Eles procurarão por nós três com Leah. — disse Drogan. — Portanto, vamos dar-lhes um só homem com uma só parceira.

Tor percebeu imediatamente. — Ser gêmeo é definitivamente útil.

Leah parecia confusa, mas permaneceu em silêncio.

Drogan foi até o banheiro e voltou com tesoura. — Lev, é o teu setor que está sendo imitado, o que significa que é você quem deve levar Leah. Vai parecer que nós acreditamos que aquelas eram as flechas do Setor Dois e que está levando-a para casa.

— Sim, boa observação. — concordei.

— Não. — disse Leah, olhando primeiramente para o chão, depois, olhando entre nós. Ela já não parecia confusa, mas sim, certa e focada. — Eu não sei o que está se passando, mas se eu pretendo obter respostas de vocês três acerca de toda essa questão da gravidez, nós temos de chegar primeiro a um lugar seguro, certo?

Assentimos.

— Então, eu tenho uma ideia. — ela continuou.

— Estamos ansiosos por ouvir. — disse Drogan, cruzando os braços sobre o peito.

Leah sorriu. — Um jogo dos copos.

Eu não sabia o que era um jogo dos copos, mas assim que ela explicou, percebi que a nossa parceira não só era linda, como também inteligente e astuta. Uma combinação implacável que se ajustava com cada um de nós à perfeição.

Leah

Eu não fazia a mínima ideia do que se passava. Nenhuma mesmo. Os homens mencionaram flechas sendo atiradas e fiquei confusa. Flechas! Entre o vestido longo e o armamento antiquado, eu pensava que tinha descido na floresta de Sherwood e não em Viken. A curiosidade se apoderou de mim e eu queria ver essas flechas, mas Drogan não deixou. Ele me colocou atrás dele, bloqueando a minha visão da janela. Primeiro, eu tinha me sentido incomodada pelos seus modos trogloditas de agir, mas, depois, percebi que aquilo era por ele me proteger, usando o seu próprio corpo como escudo para que eu não me machucasse.

Eu não entendia a conversa deles sobre setores, mas eu entendia de política. Antes do meu pai morrer, ele foi um vereador de alto nível e eu tinha ouvido várias conversas de jantar nas quais ele fazia acordos e assinava contratos, sempre com um aperto de mão no final. Eu segui os seus passos durante um tempo, trabalhando como escrivã numa cidade de baixo nível, ávida por crescer e, eventualmente, consegui candidatar-me a um cargo importante. Mas isso foi antes de ter conhecido o meu noivo. Ele convenceu-me a deixar o meu trabalho, para me tornar mais dependente dele. Esse deveria ter sido o primeiro sinal de que se passava algo de errado.

Aqui e agora, neste mundo alienígena, alguém estava tentando me alcançar através destes três homens, dividindo-os, não geograficamente, mas ao incitar desconfiança e ao dar lugar à desconfiança de longa data entre eles. Ao que parecia, a ligação deles como irmãos era mais forte do que a ligação com o tal setor de onde eles vinham. Talvez fosse pelos sentimentos inacreditavelmente fortes que eu nutria por eles. Eu soube imediatamente quando me coloquei diante de Drogan naquela fila de homens que ele era o meu parceiro. Mas agora, esse sentimento era ainda mais forte.

A atração que eu sentia por estes três homens era tão intensa. Eu precisava deles, eu precisava do toque deles e do sêmen deles, o que era algo completamente irracional. O sêmen deles! Eu me sentia como se estivesse viciada em alguma droga. Eles mencionaram o poder do sêmen e eu também não fazia a mínima ideia do que isso era. Eu tinha tantas perguntas, mas não era o momento certo. Nós precisamos fugir daqueles que estavam com flechas e eu tinha uma ideia. Felizmente, eles não eram tão "Velho Mundo" para ouvirem. Depois de eu lhes ter dito, eles sorriram, satisfeitos com o plano.

Drogan passou-me a tesoura e ajoelhou-se no chão, diante de mim. — Corte-o para ficar parecido com Lev. — disse ele.

De joelhos, ele estava na altura certa para que eu pudesse cortar facilmente os seus cabelos longos. Cortei-os, depois, cortei os cabelos ligeiramente mais longos de Tor para deixá-lo parecido com Lev. Não levou muito tempo e logo os três pareciam exatamente iguais, excetuando a cicatriz na sobrancelha de Lev. Mas aquela diferença era muito pequena. À distância, não se notaria minimamente. Eles trocaram de roupa, Drogan saiu por alguns instantes e voltou com uma roupa preta idêntica à de Lev. Tor e Drogan colocaram roupas novas e quando os três se colocaram diante de mim, o meu queixo caiu de espanto. Eles eram, de fato, idênticos. Mas agora eu conseguia distingui-los. Eu sentia-os: Lev, sombrio; Tor, irado e Drogan, orgulhoso. Cada um deles atraía-me, o poder do sêmen deles tinha um sabor único para os meus sentidos, mas eu desejava cada um.

Eu conhecia-os a menos de duas, talvez três horas, e eu já sabia tudo isto. Era muito louco. Desde que cheguei, tudo me parecia uma loucura. Mas sentir o sêmen escorregadio deles deslizar pelas minhas coxas abaixo era como estar sob o efeito de uma droga e, ao que parecia, eu gostava muito dessa loucura.

Quando Lev segurou o vestido para mim, notei que eu tinha cortado aqueles cabelos todos num instante. Só aí é que eu reparei no meu corpo. Eu sinceramente não estava com ardência, mas muito bem usada. A minha boceta latejava e eu reparei novamente no meu clítoris, o anel que passava pela ponta era uma provocação contínua. Era verdade, deixava-me ávida por mais. Ser fodida por três homens, um após o outro, não era o suficiente. Eu queria mais. Uma e outra vez.

— Está pronta? — Perguntou Tor.

Eu acenei enquanto o outro homem tirava os lençóis da cama e montava o engodo.

— Vamos pela água e encontramo-nos ao anoitecer. — disse Lev.

Drogan acenou-a. — Leva-a, Lev. Fique na cabana de foda até nos reunirmos e termos tempo para pensar sobre os próximos passos. Mas não a foda, irmão. Até ela engravidar, temos de compartilhá-la toda vez.

Lev envolveu o lençol ao meu redor e levantou-me nos seus braços, sem me dar tempo para pensar sobre a ideia de ficar grávida. A sensação de ser segurada por ele era boa, era como se eu estivesse indo para casa. Drogan inclinou-se e beijou-me suavemente antes de me tapar completamente com o lençol.

— Espera. — disse Tor. Ele abaixou o lençol, beijou-me também e cobriu novamente o meu rosto.

Eu não conseguia ver o que aconteceu a seguir, mas eu estava segura nos braços de Lev. O som das vozes se tornou mais audível assim que saímos e eu pude ouvir gritos, então, Lev começou a correr. Eu fui deitada numa coisa dura, mas o solo parecia balançar. De uma só vez eu estava movendo-me, planando. Eu não conseguia entender aquilo, até ouvir o som de água batendo. Um barco. Permaneci quieta, em silêncio, até Lev murmurar:

— Pode retirar o lençol da cabeça, mas não se levante até eu me certificar de que conseguimos escapar em segurança.

Embora eu não pudesse dizer com toda a certeza que o plano tinha funcionado – Drogan e Tor estavam carregando trouxas de almofadas enroladas em lençóis como engodo – nós estávamos fora de perigo. Se o grupo que estava com as flechas fosse leal a algum irmão em específico, eles teriam medo de matar. Como os outros irmãos tinham escapado, eu não sabia. Eu só sabia que estaríamos todos juntos muito em breve. O meu corpo doía, ávido pelos meus três homens, e eu me sentia como se tivesse de tê-los novamente, caso contrário, morreria.

Retirando o material do meu rosto, inspirei profundamente o ar úmido. O céu era azul e estava pontilhado com nuvens. Se eu não soubesse, diria que estávamos na Terra. Eram as duas luas no céu que me recordavam que isto era um novo lar, uma nova vida. Eu olhei para baixo, para o meu corpo e vi Lev com um remo. Cada vez que ele o levantava, água escorria pela tábua de madeira. Ao que parecia, nós estávamos numa canoa de madeira, o que explicava a sensação de estar planando e o formato longo e estreito. Eu conseguia sentir o cheiro da água, o sabor salgado preenchia o ar. Passei uns bons minutos observando silenciosamente o homem que tinha acabado de me foder. A minha boceta latejava devido aos cuidados viris deles. Será que tinha sido ele o primeiro a me foder? Será que ele tinha esmagado a minha vagina enquanto mantinha as minhas coxas abertas ou será que tinha me virado ao contrário e me tomado por trás?

Eu tinha uma venda e não fazia a mínima ideia de quem tinha feito o que comigo. Tinham sido os três, juntos, tomando-me. Não importava qual era o pau que tinha me preenchido, todos eles tinham me fodido. Mas, por algum motivo, eu queria saber qual era o toque que pertencia a ele, qual dos três paus duros era o dele.

Estudei-o. A semelhança entre os três era notável. O queixo forte, a sombra da barba por fazer que o cobria. Eles não tinham me permitido tocar-lhes, mas eu me perguntava se seriam suaves ou ásperos ao toque. Os seus olhos eram escuros, muito mais escuros do que o seu cabelo. A pele bronzeada mostrava que ele tinha passado muito tempo ao ar livre. A cicatriz que dividia em duas a sua sobrancelha era a prova de que ele tinha estado perante o perigo. A forma como os três não entraram em pânico quando o ataque começou também era um indício. Esses homens eram guerreiros.

— Vocês só me foderam por obrigação. — disse eu, com uma voz calma. — Nenhum de vocês queria uma parceira. — Eu estava pouco a pouco tornando-me num caos. As minhas emoções estavam mudando tão rapidamente que eu fervia por dentro. Confusa, magoada e carente, tudo de uma só vez. Tanta coisa tinha acontecido comigo em apenas algumas horas – e não digo só o ser fodida por três desconhecidos – que eu me sentia saturada. Se eu estivesse na Terra, diria que eram os hormônios. Aqui, talvez fosse do estranho poder do sêmen. De qualquer forma, algum inimigo que eu nem sequer conhecia estava tentando levar-me por algum motivo sombrio que eu nem sequer conseguia imaginar. Para os meus parceiros, eu era simplesmente uma máquina de fazer bebês, nada mais.

O olhar de Lev percorria todas as direções, provavelmente à espreita, procurando por algum perigo eventual. Ele não olhou para mim enquanto respondia: — Viken é um lugar complicado, Leah. Tivemos várias décadas de guerra e uma paz bastante tênue. Eu e os meus irmãos somos os verdadeiros líderes de Viken. Fomos separados quando bebês, estamos habituados a manter esta paz, mas o preço foi a divisão do planeta. Você e o nosso filho são aqueles que vão unir Viken novamente.

Eu estava deitada na canoa de madeira – uma canoa simples. Eu tinha assim tanto poder no meu útero? Certo. Como é que eu, a simples Leah da Terra, podia possuir tanto poder? E eu reparei que ele não respondeu à minha pergunta.

— Você não me queria, Lev. Nenhum de vocês me

queria. Vocês só querem salvar o seu mundo engravidando-me. — Ele certamente conseguia ouvir o desdém na minha voz ao pronunciar aquela palavra.

Eu queria ter um filho, algum dia, mas não por a criança ser necessária para a harmonia interplanetária. Eu queria ter um filho com um homem – não três – que ansiasse por noites sem dormir, pelos primeiros passos, pelos momentos mais importantes de ver uma pessoa crescer e deixar de ser um bebê indefeso para se tornar num adulto totalmente desenvolvido e crescido, tal como eu. Eu queria que o meu filho fosse fruto do amor, não de benefícios políticos.

O seu olhar se cruzou com o meu e ficou fixo em mim. — Não, eu não queria uma parceira. — Embora ele não o tenha negado, isso não diminuiu a dor cortante das suas palavras. — Nós três fomos convocados para vir até Viken Unida hoje sob falsas promessas. Você foi balançada diante de nós como se fosse um doce especial. A última vez que eu e os meus irmãos estivemos juntos numa sala tínhamos quatro meses de idade.

— E vocês foram separados, enviados para crescer em vários setores? — Perguntei, lembrando-me de partes das palavras deles há pouco.

Eu não conseguia imaginar aquilo, ser separada de irmãos assim, e por motivos políticos. Eu tinha ouvido falar de gêmeos idênticos que eram capazes de ler os pensamentos uns dos outros. Eu tinha ouvido falar que eles não conseguiam ficar separados, que isso os magoava de alguma forma. Eu até tinha ouvido falar de irmãos que souberam o exato momento em que o seu irmão gêmeo morreu. Mas trigêmeos separados em tão tenra idade?

Fiquei triste por eles. Talvez eu não fosse a única a fazer sacrifícios.

Lev acenou. — Quando mataram os nossos pais. — Ele passou o remo para o outro lado e o barco virou ligeiramente. — A nossa separação foi o que manteve a paz, salvou a vida de muitos. Mas foi insuficiente. Não é o suficiente. Agora estamos focados em matar-nos uns aos outros ao invés de proteger o planeta. Os nossos guerreiros ficaram acomodados e esqueceram o verdadeiro perigo para o nosso povo. Você vai lembrá-los disso. O nosso filho vai uni-los.

— Como pode ter tanta certeza disso? Vocês três vieram juntos ficar comigo há algumas horas e as lutas já começaram.

Ele inclinou a cabeça e olhou para mim. — Sempre houve conflitos, mas o poder que você possui é enorme. E há alguns entre nós que não querem a paz.

— Como é que eu possuo poder? — Perguntei, dizendo aquilo que pensei há pouco. — Eu sou apenas uma mulher da Terra que partiu porque... — mordi o lábio; eu não queria partilhar com ele o quão fraca eu era, na verdade. Se eu era a mulher, a ligação que unia estes três homens para fazer um bebê, a mãe de uma nova vida destinada a ser o líder de todo um planeta, ele não precisava saber que eu era uma fraude por ter sido noiva de um homem tão perigoso e mau, por acreditar nas suas mentiras.

— Você possui todo esse poder porque nós escolhemos te dar. — respondeu ele.

Eu franzi a testa. — Eu... eu não entendo.

— Agora eu começo a perceber que o nosso acasalamento nunca foi verdadeiramente uma escolha. A ligação entre os parceiros é muito forte. Você o sentiu quando ficou diante de Drogan na fila de homens.

Eu não o conseguia negar.

— Mas é o poder do sêmen que agora nos liga que faz com que nós quatro sejamos perigosos para aqueles que têm planos inescrupulosos.

— Eu ouvi você falar sobre isso há pouco. Poder do sêmen?

— O sêmen do pênis de um Viken quando toca na sua parceira, quando preenche a sua vagina, liga-o à sua parceira de formas elementares. Muda os nossos corpos a um nível celular, tal como vai mudar o teu. Eu sei que sente a atração entre nós, a necessidade ardente, a força viciante.

Balancei a cabeça, recusando-me a ouvir a verdade. Mudava-me a um nível celular?

— Como *você* se sente? — Os seus olhos examinaram-me e eu corei, feliz por ele não conseguir ver os meus mamilos endurecer e a minha boceta ficar apertada. Quando continuei em silêncio, ele olhou para mim, o seu olhar era sombrio, mas sereno e cheio de autoridade. Eu era capaz de me afogar nos olhos dele, esquecer-me e ficar perdida ali.

— Leah, eu sou o irmão que vai te algemar e tomar aquilo que quiser de ti. Vou ser aquele que vai te botar nos joelhos e dar umas boas palmadas nesse teu traseiro por ser uma menina má.

A minha boca abriu-se e eu senti o medo me invadir. Então, eu tinha cometido o mesmo erro? Confiando num idiota que me bateria, que me... eu nem sequer conseguia pensar naquilo. — Então... vai me espancar?

— Espancar? Nunca. — Ele abanou a cabeça lentamente. — Eu vou exigir obediência. Mas também te darei prazer. Um prazer delicioso. Eu vou estar atento à sua pulsação e à tua respiração. Vou saber quando estiver mentindo, quando estiver escondendo alguma coisa, quando precisar verdadeiramente gozar e quando simplesmente vai deixar o teu corpo dominar.

Agora foi a minha vez de balançar a cabeça. — Não.

— Você não seria emparelhada comigo se não quisesses que eu te possuísse, Leah. Imagine-me atando os teus pulsos à cabeceira para eu fazer contigo aquilo que eu quiser. Imagine-me deslizando o meu pau, ao invés do meu dedo, para dentro do teu cu. Imagine-me retendo o teu orgasmo até você gritar, até perder o controle. Até eu ordenar que goze no meu pau ou na minha língua.

Então, foi Lev que me tomou por trás... Para torcer o seu dedo no meu buraco virgem do cu, para me foder com força, para me levar ao limite da dor antes de me fazer explodir? Oh, Deus, eu estava igualmente mortificada e excitada.

— O poder do sêmen não afeta só a ti. Afeta a mim também. E também a Tor e Drogan. Agora, eles certamente estão sentindo-o de forma mais profunda, visto que não estão perto de você. Diga-me. Como. É. Que se. Sente?

Cada palavra foi dita individualmente e de forma intensa, a aresta afiada dessas palavras fizeram-me responder sem pensar.

— Eu não sei exatamente *o que* estou sentindo. Sinto desejo, carência e excitação. Dor.

— Uma dor de desejo pelos nossos paus?

— Sim, mas dói porque... porque eles não estão aqui.

— Tor e Drogan?

Lambi os lábios, preocupada por pensar que ele acharia que eu preferia os outros ao invés dele. — Sim. Eu... eu sinto saudades deles.

— Boa menina.

— Não vai me bater ou algemar?

Os olhos dele se estreitaram. — Vou fazer as duas coisas e você vai amar.

Eu não sabia o que mais dizer e também não queria continuar a perguntar sobre o porquê eu me sentia tão fascinada, tão excitada pelos seus planos bastantes indecentes, mesmo depois de tudo o que me aconteceu na Terra, portanto, mudei de assunto.

— Para onde vamos?

— Para um centro longínquo utilizado para treinar novas parceiras. A maior parte das parceiras não é emparelhada como nós fomos, mas muitos guerreiros regressam das batalhas e acabam por se tornar estranhos um para o outro. Para que algum acasalamento tenha sucesso, é necessário buscar abrigo num centro que possa ajudar. Esse centro em específico é o mais remoto, o mais isolado que há. É para as fêmeas Viken mais obstinadas.

— Me considera obstinada? Mesmo? Eu só sou da Terra, não sou uma pessoa obstinada. — murmurei. Ele não era muito habilidoso na arte de cortejar. A maior parte do que ele dizia – em conjunto com o meu humor e o seu interesse em me algemar – não me conquistava lá muito. Ainda assim, eu o queria com uma carência implacável que eu não conseguia negar.

— Você estava bastante receptiva quando fodemos há pouco, mas tem mais coisas às quais tem de se adaptar do que a maior parte das fêmeas Vikens comuns com um parceiro novo.

— Hã? Como o que, por exemplo?

— Para começar, não é virgem, logo, temos de romper com qualquer ligação do passado.

— Eu garanto — resmunguei, enquanto pensava nos meus namorados da Terra, que, depois da competição de foda pela qual eu tinha passado, eu podia dizer com toda certeza que não passavam de uns impostores. —, não há ligações passadas. Acha que eu estaria aqui, em outro planeta, se eu tivesse alguma ligação com o passado?

— Nós não sabemos nada sobre isso, assim como você não sabe nada sobre nós. Mesmo com o poder do sêmen, você será compelida a atender às necessidades sexuais dos três, necessidades essas com as quais foi emparelhada, mas tal como acabou de provar, muito provavelmente negará.

— Eu não te neguei coisa nenhuma. — rebati. — Eu fodi três desconhecidos minutos depois do meu transporte. — E o fiz mesmo estando tão mortificada quanto a minha mãe estaria se soubesse – ela teria revirado os olhos na cova se soubesse – que eu amei cada minuto daquilo. Eu passeei os olhos sobre o horizonte à minha direita, vi duas luas enormes começando a subir como se fossem discos silenciosos e dourados no céu, que ia escurecendo. Inúmeras estrelas apareceram por detrás das nuvens, mas eu não reconhecia nenhuma delas. O peso elevado da água no ar fez com que o ar se tornasse frio enquanto o sol enorme e laranja deles se punha à minha esquerda, o frio se infiltrava pelo meu cobertor, deixando-me com arrepios. Eu senti os meus mamilos ficarem duros como pedra, mas ignorei-os. Eu não precisava desse tipo de distração naquele momento, não enquanto Lev olhava para mim como se quisesse agarrar-me e foder-me até eu cair de lado.

Ele inclinou o queixo na minha direção. — Retira o lençol e levanta o teu vestido. Quero ver a tua boceta.

Olhando para ele de olhos bem arregalados, eu berrei: — O quê? Mas está frio.

— Eu pensei que tivesse dito que não me recusaria nada. Se não quer ser castigada, obedeça-me imediatamente. Mostre-me a tua boceta.

Embora eu gostasse do fato de ele estar ávido pelo meu corpo, eu não estava pronta para aquilo, portanto, retruquei: — As pessoas não vão questionar quanto a trigêmeos idênticos perambulando por esse centro de acasalamento para parceiras obstinadas?

Lev ergueu a sua sobrancelha, suspirou, mas respondeu à minha pergunta: — Eles não verão três homens; só verão um. Ninguém ali sabe quem somos, ninguém sabe que somos trigêmeos. Eu garanto, todo mundo no centro estará... mais preocupado com os seus próprios interesses.

Eu sabia muito bem com o que é que eles estariam mais preocupados em fazer. Foder. Amarrar mulheres e fazê-las gritar de prazer. Fazê-las implorar. O meu clítoris palpitou ao redor do pequeno anel só de pensar naquilo.

— Não apareceremos publicamente em conjunto, como um grupo. — ele continuou. — Vai estar sempre com um de nós, mas nós quatro só estaremos juntos na nossa cabana de foda.

— Cabana de foda? *É sério isso?* Este mundo é assim tão primitivo? — Eu me sentia como se tivesse voltado no tempo. — Eu sempre pensei que a Terra fosse o planeta menos avançado, com os homens mais primitivos.

— Eu garanto que somos muito mais avançados do que a Terra. Nós só escolhemos uma forma de viver mais simples.

— Como a canoa.

— Sim, como a canoa. — repetiu ele. — Agora, me mostre a tua boceta.

Ele era um homem bastante focado.

— E se eu não quiser?

— A tua desobediência já te fez levar uma palmada, portanto, se continuar a recusar, só vai tornar o teu castigo mais longo.

— Está me obrigando a me expor para você!

Ele sorriu. — Sim, estou. Mas vai gostar. Eu prometo.

— Vai me bater se eu não o fizer?

Ele riu, inclinando a cabeça para trás, na direção do céu, expondo o seu pescoço e eu podia ver o seu pomo de Adão mexer. — Eu vou te dar palmadas de uma maneira ou de outra, parceira. — O seu sorriso era malicioso quando olhava para mim. Era como se ele mal pudesse esperar para fazê-lo. Eu olhei para o colo dele. Com base na saliência espessa que pressionava contra a parte da frente da sua calça, ele estava bastante ávido. — A decisão de gozar ou não enquanto eu o faço é toda tua.

Ele parecia ser um homem paciente, porque eu levei o meu tempo pensando sobre aquilo. Olhei para cima, para o céu Viken, depois, para ele. O seu olhar atento regressou para mim enquanto ele remava sem fazer esforço algum, os músculos nos seus braços e ombros se movimentavam enquanto ele o fazia. A água escoava para fora da ponta do remo, o vento soprava os meus cabelos contra a minha testa. Estava tudo tão calmo. Tão simples. Mas será que era mesmo?

Sim, eu tinha permitido que três homens me tomassem, mas isto parecia ser diferente, parecia ser mais íntimo, de alguma forma. Ele queria isto – não, ele exigia – e eu só tinha que decidir se eu lhe daria. A minha mente dizia que não, mas o meu corpo, céus, o meu corpo dizia que sim. Talvez ele conseguisse ler a minha mente, porque ele começou a falar, embora continuasse a olhar para a paisagem.

— O meu pau está duro. Pode ser por causa do poder do sêmen, mas eu te quero. Drogan provou a tua boceta e a minha boca está sedenta por fazê-lo. Pergunto-me se é tão doce quanto eu imagino. Ouvi dizer que quando uma mulher entra em contato pela primeira vez com o sêmen do seu parceiro, a carência é enorme. Supostamente, essa carência se dissipa com o tempo, mas levará anos, se não décadas, a dissipar.

Décadas sentindo-me assim? Lambi os meus lábios ao ouvir aquelas palavras decadentes. Será que eles não se cansariam de mim?

— Os teus mamilos devem estar duríssimos e o teu clítoris... o teu clítoris deve estar dilatado e bastante sensível com o anel aí. Aposto que a cada movimento que faz, o anel te faz sentir mais desesperada por sentir a minha boca provar da tua boceta.

Eu tirei o lençol de cima de mim, sentia-me muito quente enrolada nele e no meu vestido longo depois de ouvir as suas palavras indecentes. Um sorriso curvou os seus lábios, mas ele não comentou nada acerca da minha rendição.

— Os teus próprios fluidos em conjunto com o nosso sêmen devem estar cobrindo as tuas coxas neste exato momento. — Ele virou a cabeça para olhar para mim.

Perfurando-me como se eu estivesse sendo atingida por uma daquelas flechas. — Mostre-me, Leah.

Foquei-me exclusivamente nele, esquecendo de todas as razões pelas quais eu não devia fazer isto. Eu subi o meu vestido longo com os dedos, um pouco de cada vez.

— Abra as tuas pernas para mim.

Estava deitada de frente para ele, portanto, abri as minhas pernas e levantei os meus dedos, colocando-os sobre o banco que estava à minha frente. Enquanto eu pressionava os meus joelhos contra a lateral do barco, certifiquei-me de que abria bem as pernas e ficava pronta para ele, o ar frio se movimentava sobre a minha boceta.

Os seus olhos se estreitaram, as suas pálpebras desceram. Vi o seu queixo comprimir-se com força e o seu pênis engrossar na sua calça.

— Se eu não estivesse remando, teria o meu rosto entre as tuas pernas.

Um pequeno gemido escapou dos meus lábios.

— Vai colocar três dedos bem no fundo da tua boceta e mantê-los aí até chegarmos. Não permito que se mexa, e não permito que goze.

6

rogan

Só LEVOU uma hora para que eu passasse de alguém totalmente racional para alguém completamente louco. Num minuto, estava o regente falando-nos acerca de uma parceira que arranjou para mim – para nós – e no minuto seguinte, ela estava sendo transportada da Terra até aqui. A primeira vez que eu a vi senti a ligação. Quando eu lhe lambi a boceta e a provei, soube que ela era minha. Mas foi quando gozei dentro dela, de forma mais intensa do que alguma vez gozei em toda a minha vida, que eu soube que aquele era o meu fim. Aquele maldito poder do sêmen pode ter afetado a Leah, mas aquela porcaria também mexeu comigo.

Separamo-nos quando começaram a chover flechas furtivas, seguindo o nosso plano de nos reunirmos na cabana de foda. No momento em que fomos separados, o efeito dela sobre mim se tornou bastante óbvio. Leah tinha partido com Lev numa direção e eu, por outra. Tor partiu por uma outra direção. Eu senti profundamente a separação dela, como se um membro do meu corpo tivesse sido cortado de mim. Eu estava dolorido por dentro – além do meu pau estar duro, o meu corpo doía por ela. Eu sabia que Lev a protegeria com a sua vida, mas até que eu voltasse a tocar nela, eu não me sentiria inteiro.

Quando cheguei ao centro de treinamento de noivas Viken, a cobertura pesada da escuridão já tinha caído. Esgueirei-me para dentro da cabana que tínhamos escolhido e vi Tor ali também, à espera, eu soube que ele também se sentia tão afetado quanto eu. Embora mal nos conhecêssemos – de todo – nós conseguíamos sentir solidariedade um com o outro a respeito da forma como estávamos reagindo a Leah, ou melhor dizendo, à falta de Leah.

— Se Lev não voltar logo com ela, o melhor é eu rastejar para fora do meu corpo.— disse ele, a voz ligava a frustração com um toque de raiva. Visto que as cabanas eram bastante afastadas entre si e o objetivo daquele lugar era manter a privacidade, eu não estava preocupado que alguém irrompesse porta adentro. Metade do complexo era utilizado para treinar novas noivas e a outra metade era utilizada para preparar noivas para serem enviadas para fora do mundo, para outros guerreiros e outros planetas. De qualquer forma, mantinha-se a privacidade.

Ninguém nos interromperia, mas Tor desceu as cortinas das janelas antes de acendermos as lâmpadas.

— Eu sei. Eu preciso gozar, foder, eu anseio por isso,

mas acho que a minha mão não vai fazer diferença nenhuma.

Tor riu. — Crescemos odiando-nos uns aos outros e demoramos menos de um dia a nos unir. Alguém está tentando nos separar. Nós somos irmãos, no entanto, somos desconhecidos, e agora, ansiamos pela mesma mulher. Não deveríamos estar tentando nos matar? Eu deveria querer te matar por sequer pensar em foder a minha parceira. Mas ela também é tua parceira.

— Estranhamente, eu não sinto ciúmes de você. — Mirei o homem que parecia exatamente igual a mim. — Se fosse qualquer outra pessoa que não você ou Lev, se fosse um estranho...

— Ele estaria morto.

Eu arrancaria cada membro do seu corpo. — Concordo.

Olhando em redor, para a sala enorme, vi os requisitos básicos – a área da preparação da comida, a área do banho, a mesa e as cadeiras – e foquei-me no equipamento de acasalamento. Um banco que era utilizado especificamente para foder, permitindo que uma mulher fosse posicionada com a cabeça dela abaixada para que qualquer sêmen que a preenchesse permanecesse dentro dela não só para servir de auxílio para que a semente criasse raízes, mas para garantir que o poder do sêmen cumprisse o seu papel. Conhecendo bem Lev, também se tornaria num banco bastante eficaz para as palmadas.

— Assim que ela chegar, vou lhe mostrar a forma certa de ser uma parceira Viken. A foda de há pouco tinha sido só uma preliminar, para meter a nossa semente dentro dela, para que ela ficasse protegida de alguém que a tentasse tomar. Aqui, não deve ser muito difícil treiná-la para aceitar três homens.

— Ela nos tomou lindamente há pouco. Se é assim que me sinto depois de uma foda, acho que não devemos nos preocupar quanto a engravidá-la.

Abri uma gaveta e encontrei uma miríade de variedade de objetos sexuais que o centro oferecia em todas as cabanas de foda. Vibradores, dispositivos, cordas, pequenas amarras, palmatórias e muito mais. Qualquer coisa que um homem poderia precisar para utilizar na sua parceira. — Se ela ainda não estiver grávida, a tentativa de a engravidar será certamente prazerosa.

Tor só grunhiu a sua resposta, depois, ajustou o seu pau na calça.

Os passos que percorriam o chão suave quebraram o silêncio da noite. Lev entrou pela porta com Leah a reboque. A miséria que me tinha dominado desde que nos separamos dissipou-se, sendo substituída por uma sensação de euforia, como se eu tivesse tomado uma droga para melhorar o meu desempenho. Ela ainda estava vestida com o mesmo vestido simples, o seu cabelo agora era um emaranhado selvagem. As bochechas coravam e ela respirava como se tivesse corrido até aqui e não vindo de barco.

Tor e eu demos um passo na direção dela ao mesmo tempo e ela correu até nós, agarrando cada um de nós pelo braço. Os dedos dela cravaram as minhas costas como se ela estivesse cheirando-nos profundamente, o rosto dela, pressionado contra o meu peito, depois, contra o peito de Tor.

O cheiro dela era como se fosse o afrodisíaco mais

poderoso. Eu não pude evitar o gemido que me saiu da boca.

Leah afastou-se e olhou para cima, na nossa direção, com um olhar selvagem. — Eu preciso de vocês dois. Céus, isto é loucura, mas eu preciso que vocês me toquem.

Ela puxou o seu vestido, mas visto que os botões vinham até a parte de baixo das suas costas, ela ficou frustrada.

Tor agarrou-a pelos ombros e girou-a para que ela ficasse de costas para ele. Ao invés de abrir um a um até embaixo, ele agarrou cada um dos lados do vestido e puxou-os e os botões voaram, se espalhando pelo chão. Desta vez, ela não hesitou.

Puxando-o, ele retirou rapidamente o vestido do corpo dela até que ficasse nua diante de nós.

— Quando uma fêmea acasala na Terra, vocês têm um período de treinamento?

Ela virou-se e eu olhei para baixo, para os seus seios redondos e fartos. Os mamilos rosa claros estavam erguidos e a minha boca encheu-se de água, ávida por prová-los. Embaixo, eu conseguia ver o anel que balançava no seu clítoris saliente.

— Período de treinamento? — Ela agora estava ofegante os seus seios subiam e desciam, assim como ela.

Nós nos aproximamos.

— Em Viken, alguns homens trazem as suas parceiras para um centro de treinamento porque ela precisa de um período extra para aprender como se submeter de forma adequada. — disse eu. — É, obviamente, diferente para cada casal, mas o resultado é o mesmo.

Pusemos as nossas mãos nela, cercando-a pelos três lados, não lhe permitindo escapatória alguma. Não havia qualquer escapatória do centro de treinamento, não que a fôssemos perder de vista – uma vantagem de ter três homens fortes para olhar por ela ao invés de um só. Eu duvidava, uma vez que o poder do sêmen já estava surtindo efeito nela, que ela quisesse ficar longe de nós. Só o ficar separada de Tor e de mim já a tinha deixado alvoroçada.

— Resultado?

— Nós críamos uma ligação contigo, acasalamos contigo. — disse Tor, os seus dedos acariciavam a curva do seu seio direito. Lev envolveu a sua mão ao redor do seu outro seio com a sua mão enorme, o seu polegar esfregava a ponta.

— Ligação? — A sua sobrancelha ergueu-se, confusa, mas a confusão dissipou-se rapidamente quando a sua excitação aumentou. Os seus mamilos estavam *bastante* sensíveis, pelo que parecia. — Qual é a diferença entre ter uma ligação e sermos parceiros?

— Você foi emparelhada conosco através dos exames aos quais foi submetida. Certo?

Ela só conseguia acenar, os seus lábios separaram-se enquanto ela tentava recuperar o fôlego.

— Por causa do emparelhamento, você é nossa parceira. Normalmente, só é emparelhada com um homem, contudo, quando ele fode a sua parceira pela primeira vez, eles ficam ligados um ao outro. A semente dele preenche-a e ocorre uma reação química, tornando a ligação permanente.

A pele dela era tão suave, tão macia, num tom claro e

cremoso, fazia um enorme contraste com os seus cabelos ruivos ardentes.

Enquanto os meus irmãos estavam definitivamente deixando-a excitada, ela ainda conseguia me ouvir. — Você tem três parceiros, portanto, para criarmos uma ligação permanente, aquilo a que chamamos acasalamento, temos de te foder em conjunto. Ao mesmo tempo.

Ela levantou o queixo para poder olhar para mim. Os seus olhos verdes estavam turvos e cheios de luxúria. — Ao mesmo tempo? — sussurrou ela. — Quer dizer que...

— Vou tomar o teu cu. É um cu virgem, não é, Leah? — Perguntou Tor. Os homens do Setor Um eram conhecidos pelo seu interesse em foder cus e pelo que parecia, o meu irmão não era exceção.

— Eu vou foder a tua boceta. — acrescentou Lev.

Eu coloquei o meu polegar sobre o seu lábio inferior roliço e pressionei para baixo, abrindo sua boca para que eu pudesse ver os seus dentes brancos e alinhados. Usando os meus dois dedos, eu deslizei-os para dentro da caverna escura e molhada. A língua dela lambeu as pontas deles, envolvendo-os e chupando-os. — E eu vou foder a tua boca.

Tirando os meus dedos, eu desci-os até a linha central do corpo dela e dedilhei o anel clitoriano dela, fazendo-a arfar.

— Agora? — perguntou ela.

Lev abanou lentamente a sua cabeça. — Agora, eu vou te castigar por ter me desobedecido no barco.

Tor e eu nos afastamos de Leah, retirando o nosso toque. Um som baixinho, talvez de carência, escorregou dos seus lábios abertos.

Lev agarrou no cotovelo dela e levou-a até o banco

especial. — Isto é utilizado para procriar. Um homem pode tomar a sua parceira, fodê-la por trás e preenchê-la com o seu sêmen. Ela pode ficar aqui confortavelmente enquanto aguarda pelo momento adequado, com a parte de baixo do seu corpo levantada, no qual a semente se estabelecerá no seu útero. Ela pode ser atada se se mostrar... reticente.

Leah olhou para a forma incomum daquilo. — É só para isso que eu sirvo para vocês? Não passo de uma máquina de fazer bebês?

Lev inclinou-se e beijou a sua sobrancelha. — O regente pediu por um emparelhamento através do programa de noivas. O plano dele é unir o planeta com uma criança proveniente de nós três. Um filho que faremos contigo.

— Sim, mas tudo isso é tão clínico.

— Nós vamos te engravidar por obrigação, mas vamos te foder por prazer. — disse-lhe.

Ela inclinou o queixo para cima para que os olhos verdes estivessem sobre Lev. — Então, por que não podem me foder numa cama como fazem as pessoas normais? Ou é assim que se faz aqui?

Lev abaixou a cabeça e beijou-a. Tor e eu observamos enquanto ela se abria para ele e as línguas deles se uniam. Profundo e carnal, o beijo continuou enquanto oscilava para dentro de Lev, agarrando-se aos antebraços dele para se equilibrar.

— Nós vamos te foder na cama, Leah. E na mesa, e também contra a parede.

— Lá fora, sob as estrelas. — acrescentei.

— No banho. — acrescentou Tor.

— Em todo o lado. Mas este banco — ele deu uma

palmadinha no apoio para joelhos, acolchoado — também é um lugar perfeito para te dar umas boas palmadas pela forma como se comportou. Recebe o teu castigo como a boa menina que é e nós te recompensaremos.

Leah deu um passo atrás. — Eu não preciso levar palmadas.

— Você me desobedeceu ou não no barco?

Sua boca abriu-se. — Eu pensei que estava de gozação.

— Nós não brincamos com obediência, Leah. — disse eu. — Pode haver perigos à espreita e para te proteger, devemos confiar que nos ouvirá e obedecerá sem questionar. Você não sabe nada sobre Viken e nós temos de te proteger – e castigar – mais severamente do que faríamos se tivesse nascido aqui e conhecesse o nosso estilo de vida. Seria muito perigoso permitir que cometesse erros.

Ela levantou as mãos para nos afastar, esquecendo claramente que estava nua. Como se fôssemos tentar conter o nosso desejo por tocá-la. Como se ela fosse conseguir resistir. — Muito bem. Eu consigo perceber a importância disso, sobretudo visto que eu *não* estou minimamente familiarizada com este planeta. Eu vou ouvi-los.

Lev olhou para mim, depois, novamente para Leah. — Fico feliz por ouvir isso.

Eu agarrei Leah – o que a fez gritar, surpresa – e coloquei-a cuidadosamente sobre o banco. O tronco dela ficou curvado contra o enorme pedaço central almofadado com couro suave, como os apoios para os joelhos, e os seios ficaram lindamente suspensos no outro lado. Havia lugares para ela agarrar, mas tal como eu esperava, ela se levantou. Com uma mão no centro das suas costas, eu abaixei-a e coloquei as algemas de couro em volta dos seus pulsos.

— Eu coloquei os meus dedos dentro de mim tal como me instruíu!

Parei e olhei para Lev. Ele encolheu os ombros. — Eu não lhe toquei, mas aproveitei para ver os dedos dela enfiados dentro da boceta escorregadia. Mas não me obedeceu logo. Isso é essencial para a tua sobrevivência.

— Eu não gosto que me batam! Eu não me voluntariei para isto. — Leah atirou aquelas palavras na minha direção com uma vozinha chateada enquanto eu a prendia. Ela até tentou chutar-me quando eu me coloquei por detrás dela, admirando o seu traseiro enquanto esperava que Lev começasse a bater no seu traseiro nu e lindo.

— Você *gosta* disto sim. — disse Tor, observando.

Leah virou a cabeça com força e encarou o meu irmão. — Como raios sabe disso?

— Porque a tua boceta já está molhadinha. — Tor encolheu os ombros casualmente, depois, ajustou o seu pau na calça apertada. — Foi emparelhada conosco. Embora possa *pensar* que não gosta disto, talvez com base nos costumes da Terra ou até mesmo devido a experiências anteriores, o teu corpo sabe a verdade – e os exames reconheceram-na.

— Já te deram palmadas, Leah?— Perguntou Lev.

— Não! — ela berrou.

Lev deu-lhe uma palmada cuidadosa no traseiro enquanto eu prendia os tornozelos dela. Ela não estava de bom humor e eu estava com medo que ela desse um coice e machucasse Lev ou até mesmo a si própria.

— Deixem-me levantar, seus neandertais prepotentes!

Apertei os meus lábios para não rir. Eu mal conhecia Lev, mas sabia que ele não deixaria aquilo passar em branco – o que raios era um Neandertal? – sem antes deixar uma marca de mãos rosadinha sobre o seu traseiro adorável.

7

 eah

Como estes homens se atreviam a fazer isto comigo? Eu estava amarrada a um banco para levar palmadas – tal como no sonho do centro de processamento! Será que isto era a vida real? Porque isto era literalmente de outro mundo. Eu estava sendo dominada e comandada por trigêmeos alienígenas. Um deles ia me dar palmadas e, depois, uma recompensa. Que tipo de recompensa? Será que eu receberia o seu pênis enorme bem no fundo da minha boceta outra vez? Será que eles me vendariam e tomariam a cada vez? Lev disse...

Lev atingiu minha bunda com a sua mão e um fulgor de dor ardente percorreu todo o meu sistema. Eu gritei, abaixei a minha cabeça enquanto o calor fluía por mim e a ardência se dissipava. Calor. Luxúria. Desejo. Deus, eu estava louca. Eu queria que ele fizesse aquilo outra vez.

Eu sabia que estava molhada. Eu estava *sempre* molhada desde que conheci os meus parceiros. Só a palmada leve que Lev me tinha dado já tinha feito a minha boceta se comprimir e a minha umidade escorrer pelas minhas coxas. Como eu tinha certeza disto? Um dos brutos estava agora deslizando as pontas dos seus dedos pela umidade escorregadia.

— O teu corpo não mente. — disse Lev. Eu ouvi-o lamber os seus dedos, mas não conseguia virar a cabeça o suficiente para vê-lo. Na verdade, tudo o que eu conseguia fazer era olhar para a parede branca e simples que estava à minha frente. Isso até Tor se colocar diante de mim, abrir sua calça e libertar o seu pênis.

Plaft!

Ai! Eu endureci o meu corpo e tentei desviar da explosão ardente de Lev que se precipitou sobre a minha nádega, mas não havia forma de eu poder me mexer. O calor daquela última palmada enviou um relâmpago de desejo para a minha boceta e o meu corpo começou a tremer.

— Isto foi por não me obedecer imediatamente. Nós agora já teríamos terminado, mas você, obviamente, precisa de mais.

Plaft!

— Esta foi pelo teu atrevimento.

Plaft!

— Esta foi por negar a si própria isto. Você gosta de levar palmadas.

— *Eu* gosto de ver as palmas rosadas das tuas mãos na

pele suave dela. — Drogan. Ele era um idiota arrogante.
— Posso interromper, Lev? Só por um instante?

Lev concordou e eu fiquei tensa, ansiosa enquanto Drogan se ajoelhava entre as minhas pernas.

Tor, que estava diretamente à minha frente, agarrou a base do seu pênis e começou a acariciar-se. Eu não conseguia fazer nada além de observar o pré-sêmen escorrer pela ponta e formar uma gota sobre o anel metálico. Lambi os meus lábios, ávida por prová-lo. Eu estava ridiculamente desesperada pelo seu pênis, embora alguma parte sombria do meu ser acreditasse que eu deveria odiá-los por isto, odiar a mim mesma por querer mais.

Eu gritei enquanto a boca de Drogan comprimia a minha boceta. Ele me lambia e chupava, apunhalando-me profundamente com a língua até eu me contorcer e bater no banco. Abri a minha boca para gritar e Tor aproveitou a oportunidade para deslizar alguns centímetros do seu pênis dentro da minha boca, o suficiente para me provocar com o seu pré-sêmen. As químicas do sêmen atingiram a minha corrente sanguínea como se fossem lava ardente deslizando pelo meu corpo. Com a boca de Drogan chupando o meu clítoris com força, eu vi estrelas. Eu estava à beira de um orgasmo. Eu precisava gozar.

Em algum tipo de acordo silencioso, ambos se afastaram de mim, deixando-me ofegante. Implorando. Céus, eu era patética. Sentia-me como se fosse um animal selvagem, completamente fora de controle. Eu precisava deles. Eu os desejava. Na minha boca. Na minha boceta. No meu cu. Por todo o lado. Em qualquer lugar. Eu precisava...

A mão enorme de Lev acariciou o meu traseiro como se estivesse acariciando o seu animal de estimação favorito e eu pressionei o meu corpo contra ele, desesperada para ter contato com ele.

— Agora, vai contar o teu castigo de há pouco, Leah. Vinte para começar. Se se portar bem e for uma boa menina, pode ser que eu te deixe ter mais.

Lev começou a me dar palmadas e cada vez, eu arfava ao sentir aquele calor, aquele formigamento, aquela ardência feroz. — Um. Dois. — contei enquanto fixava os meus olhos no pau de Tor. Cada palmada forte movimentava-me para frente no banco, de modo a que o anel no meu clítoris entrasse em contato com a superfície dura que estava por baixo de mim. Eu gemi ao sentir cada palmada, a ardência picante se espalhava por todo o meu sistema como se fosse fogo líquido.

Quando cheguei ao dezessete, algo no profundo do meu ser se rompeu, desencadeando um tumulto de emoções às quais eu não tinha esperança alguma de conseguir controlar enquanto lágrimas escorriam pelas minhas bochechas. Semanas de medo e preocupação, nervos e ansiedade por temer que o meu noivo me encontrasse extravasaram de mim com cada palmada dolorosa dada pela mão dura de Lev no meu traseiro. Ele não parou nas vinte, e eu não queria que ele parasse.

Cercada por estes homens, o meu lado racional se desligou e um animal primitivo dentro de mim tomou lugar. Ele sabia que era seguro. Total e completamente seguro e as minhas paredes sucumbiram. Eu cedi o meu controle. Eu solucei. Contei. Implorei para que ele me batesse com mais força, para que me partisse ao meio e levasse a minha dor e o meu medo embora. Embora eu estivesse a anos-luz da Terra, eu tinha trazido comigo as minhas emoções como se fossem uma bagagem indesejada. Gemi e implorei aos meus parceiros que me tomassem, fodessem, mantivessem para sempre.

Quando cheguei aos trinta, suor cobria a minha pele e minha bunda palpitava com calor. Os meus mamilos endureceram ao ponto de sentir dor e eu estava desesperada para ser fodida. Preenchida.

Eu precisava gozar. Eu precisava que eles me preenchessem.

As palmadas de Lev mudaram, tornando-se carícias gentis, carinhos suaves, enquanto Tor deu um passo na minha direção. — Abra, Leah.

O pênis dele estava a meros centímetros da minha boca e eu não conseguia fazer nada além daquilo que ele dizia. E eu também não queria fazer nada além disso.

— Boa menina. Agora, coloca a tua língua para fora. Vou gozar em cima dela.

Eu observei enquanto ele continuava a acariciar-se antes de colocar a ponta do seu pau na minha língua, com o anel duro pressionado para baixo. Ele gemeu quando o sêmen quente jorrou cobrindo o interior da minha boca. Eu conseguia prová-lo, ele era salgado e quente. Com uma respiração ofegante, ele deu um passo atrás e, depois, se ajoelhou diante de mim.

— Engula.

Eu o fiz, depois, lambi os lábios. Em questão de segundos, a excitação correu pelo meu corpo com uma intensidade tal que me fez ficar prestes a gozar. Fechei os meus olhos e gemi, entreguei-me àquela sensação. Será que esta sensação era igual à de injetar heroína? Um puro êxtase?

— Oh, Lev, por favor.

— Por favor, o quê? — perguntou ele por trás de mim, a sua voz era sombria e dura.

— Eu preciso que me foda.

Debati-me contra as correias, desesperada por colocar as minhas mãos num pênis. — Por favor. Eu preciso disso.

— Os meus olhos abriram-se num ápice e eu comecei a entrar em pânico. — É demais. Eu preciso disso. Me dá! — gritei.

O que é que se passava comigo? Eu estava... desesperada. Eu só fiquei assim depois de engolir o sêmen de Tor. Deus, esta febre era provocada pelo poder do sêmen do qual eles falavam. Aquele pensamento me assustou um pouco, mas, depois, eu lembrei da explicação de Lev. Esta ligação tinha o mesmo efeito nos homens. Eles precisavam de mim tanto quanto eu precisava deles.

Senti uma mão agarrar minhas nádegas ardentes, abrindo bem a minha boceta enquanto um pênis tocava na minha entrada e entrava bem fundo.

Gritei. Era isso que eu precisava. De um pau grosso e quente. Só o cheiro dele, um cheiro sombrio e almiscarado, era tentador o suficiente para mim.

Alojado lá no fundo de mim, Lev inclinou-se sobre mim, afundou o seu dente no ponto onde o meu pescoço e o meu ombro se encontravam e tirou o seu pênis, depois, foi bem fundo. O ângulo no qual ele estava posicionado tinha o meu traseiro elevado e o seu pênis deslizou perfeitamente para dentro, como uma espada desliza para dentro da bainha. Eu não conseguia fazer nada além de aceitar as suas investidas fortes. Agora que ele estava dentro, acalmei-me e me rendi àquilo.

— O meu pau está duro por você desde que foi transportada para cá. Acho que o meu pau nunca mais vai descer. Caralho, sinto-me como se fosse um jovem sem qualquer pudor. Vou gozar.

Os sons úmidos da foda preenchiam o ar. Tor acariciou o meu cabelo suado, tirando-o do meu rosto e eu vi o desejo ali novamente.

— Precisa do pau, Leah? Precisa que te preenchamos, que coloquemos a nossa semente em você? Não se preocupe, nós vamos cuidar de você. — Olhei para cima e vi Drogan tirar a sua roupa, o pênis dele libertando-se e pronto para ter a sua vez.

— Goze para nós, Leah. Goze agora. — Foi Lev que me levou além dos meus limites, direto para uma sensação de puro êxtase com o seu pênis acariciando-me em cada local perfeitamente bem no fundo do meu ser e com a sua mão descendo com força, primeiro numa nádega, depois, na outra, enquanto entrava em mim.

Quando ele gozou bem no fundo de mim, o seu sêmen cobriu as paredes do meu sexo e gozei novamente. Gemi quando ele deslizou para fora de mim, mas eles não me deixaram carente. Drogan aproveitou a sua vez enquanto Tor brincava com os meus seios, puxando as pontas duras, sincronizando os seus beliscões com as investidas profundas de Drogan. Este levou a mão ao redor do meu clítoris e acariciou-me, levando-me facilmente a ter outro orgasmo enquanto ele também gozava rapidamente e se esvaziava dentro de mim.

Eu estava destruída, devastada e incapaz de me acalmar. A fome dolorida do meu corpo por estes homens ainda se mantinha, ainda crepitava por todo o meu sistema como se fosse um fogo incontrolável sobre galhos secos. Tor deixou-me para tomar o seu lugar por trás de mim para me foder e eu não conseguia suportar a espera, o vazio da minha boceta era uma tortura sensual que eu nunca teria imaginado há alguns dias.

Ao invés de enfiar logo o seu pênis dentro de mim, Tor levou o seu tempo brincando com a minha entrada traseira, utilizando os seus dedos para abrir-me, para esticar e enfiar um dispositivo que deslizou fundo e se alojou em mim. Eu deveria ter ficado perplexa, visto que nunca tinha recebido um destes e eu mal hesitei ao sentir o dispositivo ser inserido. Deveria ter doído ou, pelo menos, sido desconfortável. Mas o deslizar quentinho de um óleo perfumado qualquer garantiu que a única coisa que eu sentisse fosse prazer e luxúria sombria e carnal que aumentavam ao ser tocada e ao brincarem com este novo ponto. Só quando eu senti a base larga do dispositivo que mantinha as minhas nádegas separadas, e quando senti a espessura daquilo alargando-me, é que Tor me fodeu.

O seu pau enorme preencheu-me e a sensação de estar muito preenchida me fez gemer. Ao invés de recuar, Tor agarrou as minhas nádegas, que ainda ardiam por causa das palmadas firmes de Lev, e apertou-as com força suficiente para fazer a minha boceta inundar-se com uma nova umidade. A dor desencadeou uma avalanche de carência, luxúria e servia para me lembrar que eu lhes pertencia. Para sempre.

Tor entrou no meu cu e sensação de ser ainda mais alargada deixou-me num estado de insanidade e nebulosidade. O meu corpo tremia, totalmente fora de controle e eu não queria saber. Eu só precisava das batidas fortes do seu pênis, das carícias suaves da mão de Drogan nas minhas costas e das puxadas fortes da mão dele no meu cabelo. Eu precisava da língua quente de Lev provocando o meu mamilo enquanto ele enfiava dois dedos na minha boca para eu lamber o sabor da minha própria vagina.

Eles não me deixaram levantar, não pararam de me foder durante sabe Deus quanto tempo. Eu perdi a noção do tempo. Perdi a noção de tudo. Tudo o que eu sabia era que estes homens estavam tão insaciáveis quanto eu, e que os seus pênis nunca afrouxavam. Mesmo com meus quadris inclinados para cima, o sêmen deles deslizava para fora de mim, riachos longos de sêmen desciam pelo meu clítoris e sobre a minha barriga. A última coisa de que me lembro foi de ser carregada por braços fortes e deitada numa cama macia.

Acordei no meio da noite, abrindo os meus olhos num quarto escuro, desorientada. A janela do meu quarto, que normalmente ficava do meu lado esquerdo, agora, estava do meu lado direito. Não havia ruídos rodoviários, nem os zumbidos do meu ar condicionado. Sentada, pisquei os olhos, então, o sono dissipou-se o suficiente para eu me lembrar. Talvez tenha sido a mão que se moveu na minha coxa que me ajudou a cutucar o meu cérebro para recordá-lo a respeito da minha nova realidade.

Eu estava em Viken. Estava na cama com três homens. Eu deveria ter reparado primeiro, o cheiro deles. Era quase idêntico para os três, mas eu reconhecia que cada um tinha as suas próprias variações. Lev era sombrio e poderoso; Tor era aberto e confiante; Drogan era selvagem e concentrado. Eu estava aprendendo rapidamente sobre as diferenças sutis na personalidade de cada um – mesmo no que dizia respeito à forma como eles fodiam. Eu tinha pensado que gostaria de uma só forma, mas quando cada um deles tinha sua vez, eu gozava para todos. Céus, e como gozava.

Eu gostava do fato de Drogan conseguir me dar orgasmo só ao colocar o seu rosto entre as minhas coxas. Gostava de levar palmadas e ser fodida ao mesmo tempo. Gostava de ser amarrada. Gostava de ter um dispositivo no meu cu. Deus, para estes homens eu era uma vadia tão grande!

As coisas que eles fizeram comigo antes de eu adormecer provavelmente eram ilegais em alguns estados lá em casa. No entanto, aqui, tudo parecia ser bastante normal. Os Vikens tinham criado centros especiais para que as parceiras aprendessem sobre essas coisas. A vergonha assolou-me, me perguntava: seria normal ser amarrada a um banco de castigo e punida? Será que era normal gostar da sensação ardente da minha pele devido as palmadas duras dadas por Lev? Será que era normal desejar literalmente estes três homens? Será que era normal gostar que brincassem com o meu traseiro?

Eu nunca tinha gozado sem brincar com o meu clítoris e há pouco gozei uma e outra vez sem qualquer estímulo. O meu corpo, ainda agora, ansiava por eles.

Não, ele simplesmente ansiava. Eu sentia formigamento nos meus seios e os meus mamilos estavam duros. Não precisava vê-los no escuro para saber que estavam duros como pedra e eretos. Levantando as minhas mãos até os meus seios, envolvi-os e um gemido suave saiu me dos meus lábios. Mexendo-me, a minha boceta deslizou sobre os lençóis e o anel clitoriano foi empurrado. Eu estava excitada, tão excitada que o calor me subiu pelas veias e se espalhou por todo o meu corpo.

Os barulhos da roupa de cama soaram antes de a luz se acender. Com um brilho suave, suficiente para ver ao redor, mas não o suficiente para fazer os olhos doer. O que eu vi foram três homens, nus e que me cercavam. O lençol que nos cobria tinha deslizado para fora do meu corpo. Eu também estava nua e só tinha olhos para os corpos duros dos meus parceiros.

— Leah? — A voz era áspera devido à sonolência. Eu não olhei para ver quem era porque estava muito carente.

— Há... há algo de errado comigo. — sussurrei.

Os outros homens se agitaram e Drogan sentou-se atrás de mim, com a sua mão no meu ombro. Eu gemi novamente ao sentir o toque. — Consigo sentir o corpo dela bastante quente quando lhe toco.

Quando ele me tocou, gemi. Sem pensar, deitei-me na cama e abri as pernas. Eu deveria me sentir envergonhada das minhas atitudes de puta, mas eu tinha ido longe demais para me preocupar com isso. Enquanto os homens se sentavam para olhar para mim, eu agarrava a parte de trás dos meus joelhos e puxava as minhas pernas para trás e abria-as. — Por favor.— implorei. Céus, eu implorava para que esses homens me fodessem.

Olhando para baixo, para o meu corpo, eu conseguia ver que o meu clítoris estava tão inchado que a sua ponta estava para trás, o pequeno anel estava longe da ponta sensível.

Lev e Tor olharam um para o outro. — É o poder do sêmen.— disseram eles ao mesmo tempo.

— Vou comer a tua boceta até que goze novamente. — murmurou Drogan contra o meu pescoço. — A tua boceta deve estar dolorida demais para foder novamente depois daquilo pelo qual passou há pouco.

Eu *deveria* estar dolorida, muito, depois de foder com estes três homens – uma vez atrás da outra – mas eu não estava. Ainda assim, eu não me importava. O meu corpo me dizia que eu precisava de pênis, e que eu precisava disso agora.

— Não. — respondi. Virando a sua cabeça, Drogan olhou-me nos olhos.

— Não? — repetiu ele. — Vai nos contrariar? Não aprendeu nada com as palmadas e o dispositivo de antes?

Neguei com a cabeça e lambi os meus lábios. — Preciso de mais. Preciso dos paus. Eu *preciso* que me fodam. A tua boca na minha boceta, não é o suficiente.

Eu olhei para os meus três homens que pairavam sobre mim com preocupação – e desejo – nos seus rostos.

— Você sucumbiu ao poder do sêmen, Leah. — disse Tor. — Eu não fazia a mínima ideia de que era tão poderoso.

— É porque vem de nós três e não somente de um. — acrescentou Lev. — Vai ser muito intenso para ela.

— Por favor. — implorei, a minha vagina escorria com o sêmen de antes e com a minha própria excitação. Abaixei-me e deslizei os meus dedos pelas minhas dobras e coloquei-os dentro de mim. Se eles não iam utilizar os seus paus, eu ia utilizar os meus dedos. Tanto Drogan quanto Lev pegaram nos meus joelhos e abriram-nos bastante enquanto Tor se movia ajoelhando-se entre as minhas coxas. O seu pênis estava ereto e pronto, palpitando na direção do seu umbigo.

Ele tirou os meus dedos da minha boceta e colocou

minha mão na de Lev, que a colocou ao meu lado. Ele não me largou.

Tor começou a brincar com o dispositivo no meu cu, puxando-o e pressionando-o para o fundo. Uma e outra vez. Eu tentei mexer os meus quadris, mas Lev e Drogan mantiveram-me quieta.

Mexendo suas pélvis, Tor alinhou o seu pênis na minha entrada ávida e deslizou para dentro de mim. Foi uma investida lenta e fácil e eu gemi enquanto os meus olhos se fechavam.

— Sim — gemi, amando a sensação de ser alargada, a sensação arrebatadora de ser preenchida. Sentia-me tão apertada com o dispositivo no meu cu. — Me fode. Por favor! Eu preciso disso.

Eu soava como uma grandessíssima puta, mas eu não queria saber. Precisava de um pau, e agora!

— Com todo prazer, parceira. — Tor começou a mexer-se, fodendo-me com determinação enquanto os seus irmãos mantinham-me aberta. — Com todo prazer.

Tor

Nós estávamos num centro de treinamento para noivas mais difíceis, no entanto, Leah era a parceira menos obstinada que eu alguma vez tinha visto. Na verdade, diria até que ela estava ávida, voraz ou até mesmo insaciável. Ter o poder do sêmen de três homens deixava-a insaciável. Embora só a tivéssemos tomado no banco com umas simples palmadas e foda, o poder acordou-a do seu sono e tivemos de cuidar dela no meio da noite. O termo *cuidar* incluía uma boa dose de foda da parte de cada um de nós. Leah tinha insistido em limpar os nossos paus com a sua boca, depois, Drogan inseriu um dispositivo de treinamento maior no seu cu. Só parou quando ela ficou saciada o suficiente para adormecer outra vez. Agora, com o amanhecer surgindo, ela ainda dormia, mas durante um bom tempo, nenhum de nós soube. Nós não estávamos familiarizados em ter uma parceira, e nem em estarmos juntos, de qualquer maneira.

Drogan estava preparando um café da manhã simples na área de preparação de comida enquanto Lev e eu nos sentávamos numa pequena mesa perto da janela. Alguns casais passavam por ali, o tempo estava agradável. Os homens e as suas parceiras estavam ocupados com as suas próprias coisas, talvez estivessem a caminho de uma cabana de treinamento específica. Aqui, todas as coisas estavam à disposição, todos os desejos poderiam ser supridos. Aqui, podíamos aprender a cuidar de uma horta de forma adequada ou a atar uma noiva com cordas sem a machucar. Havia aulas sobre como agradar uma noiva com uma língua ávida ou aprender a ler o corpo dela durante os jogos sexuais. Quanto às noivas, uma noiva podia ser ensinada sobre como chupar um pau ou até mesmo como treinar a sua entrada traseira para uma boa foda. Lev parecia ter dominado a arte de ler Leah, de saber o que ela precisava, mesmo que ela o negasse. Eu também estava aprendendo isso sobre ela. Como ele sabia que ela precisava da descarga de umas palmadas fortes, eu não sabia, mas ela precisava. Ela tinha se quebrantado e gritado, e através das lágrimas dela e das palmadas, ela implorou por mais.

O que eu ansiava por poder fazer era aprender mais sobre como alargar o cu de Leah. Ela tinha aceitado um dispositivo maior à noite, mas será que alargá-la seria o suficiente para prepará-la para o meu pau enorme? Lev poderia querer aprender novas formas de prender Leah com cordas ou como levá-la a um nível mais profundo de submissão. Drogan? Bolas, ele era obcecado por sexo oral, mas parecia ter isso sob controle, se os orgasmos de Leah serviam como sinal. Qualquer coisa que pudéssemos aprender para agradar a nossa nova noiva estava disponível para nós aqui. Desde que um de nós estivesse com ela de cada vez, ninguém saberia da nossa trapaça. O único sinal externo das nossas diferenças era a cicatriz de Lev, que atravessava a sua sobrancelha, mas com Leah conosco, ninguém prestaria atenção no rosto de Lev.

Eu sabia que não conseguiria me concentrar nas redondezas quando os mamilos dela endurecessem diante dos meus olhos.

— O Regente Bard foi morto no ataque de ontem. — disse-nos Drogan enquanto terminava de preparar o café.

Lev parou com a xícara de café no meio do caminho à boca. — Em Viken Unida?

Eu assenti. — Eu ouvi as notícias no oriente. Viu o ocorrido, Drogan?

— Sim. Depois de nos separarmos, fui para o ocidente. O Regente Bard estava vindo do centro de transporte. Ele estava com Gyndar quando sofreram uma emboscada. — Drogan colocou comida nas tigelas. — Eu estava um pouco distante, mas o regente estava no chão com uma flecha preta atravessada no seu olho direito. Gyndar ajoelhou-se para ajudá-lo, mas não havia nada que pudesse ser feito.

— Uma flecha atravessada no seu olho? Isso não foi simplesmente um tiro de sorte.— pontuei. Nós éramos guerreiros. Nós sabíamos como era um homicídio intencional.

— Eu vi aquilo acontecer. — disse Drogan, enquanto ele colocava as tigelas à frente de cada um de nós, depois, voltava para buscar a sua. — O assassino mirou a partir de uma varanda próxima dali. Ele estava à espera, como se soubesse exatamente onde o regente iria estar. O ataque foi preciso e bem executado.

Peguei na minha colher e mexi o mingau de proteína diurna. — Então, alguém queria vê-lo morto. Será que o ataque em Viken Unida foi planejado para matar o regente ou para chegar até nós?

— Ou a Leah. — acrescentou Lev.

Ninguém tinha uma resposta.

— Devíamos ficar aqui, escondidos, até Leah ficar grávida. — disse eu. — Talvez até lá tenhamos mais informações.

— Concordo com o plano do regente. — acrescentou Lev. — Ele queria um planeta unificado. Separados, nós não passávamos de uns fracotes briguentos de três setores diferentes. Juntos, podíamos governar Viken. Ensinar ao nosso filho como ser um homem melhor, um líder melhor do que todos nós.

Drogan olhou para a nossa noiva, que dormia pacificamente sobre a nossa cama. — Não será seguro até ela ser tomada oficialmente.

Lev parou de comer da sua tigela e olhou com desconfiança. — Nós não podemos fazer a ligação com ela até ela ficar grávida. Isso daria a um de nós uma vantagem quanto a ser pai da criança.

Engoli uma colher cheia do mingau quente. — Concordo. Mas assim que ela estiver à espera do nosso filho, vamos ter de nos unir a ela imediatamente. O que significa que deveríamos focar-nos mais intensamente no treino do cu dela. Ela recebeu o dispositivo ontem, mesmo o maior, mas para que tenhamos uma cerimônia de união oficial, precisamos tomá-la ao mesmo tempo. O cu virgem e apertado dela está atrasando tudo.

Drogan concordou. — Sim, politicamente, a melhor forma de manter os setores satisfeitos é através desta união. Vai mantê-la em segurança, mesmo que sejamos separados. De forma mais pessoal, vai deixar Leah mais satisfeita, se ela estiver legalmente unida a todos os homens com os quais ela fode. Talvez o poder do sêmen até diminua um pouco nela. Ela estava insaciável, quase num estado de delírio de tanta carência.

— Tor, tendo em conta que vem do Setor Um, é aquele que mais gosta de foder um bom cu. — disse Lev com um sorriso.

Eu não consegui conter o riso. — E você, não?

LEAH

— Eu NÃO ENTENDO qual é a necessidade disto. — sussurrei para Tor.

Ele agarrou o meu cotovelo e encaminhou-me pelos campos exuberantes entre vários edifícios. Os homens chamavam-no de cabanas, mas parecia que o meu conceito desse termo e o conceito de um Viken eram bastante diferentes. Elas não eram as cabanas que eu tinha visto na Terra. Eram mais umas barracas no meio dos bosques. Rústicas e com uma aparência simples por fora, mas muito bem construídas e com comodidades modernas como cozinhas e banheiros no seu interior. Havia tanta coisa diferente aqui. Eram uma raça de viajantes interestelares, com naves espaciais e avanços tecnológicos que eu nem sequer podia imaginar... e, no entanto, escolhiam viver assim. Cozinhar suas refeições em fogões e tomar banho com água quando uma enorme quantidade de raças tinha dispositivos que os limpavam sem sequer tocar num único fio de cabelo dos seus corpos.

Tínhamos vindo até aqui num barco simples desde o local onde eu fui transportada da Terra para este *lugar*. Um centro de treinamento de noivas! Um centro de treinamento *para foder*. Os homens tinham dito que era para parceiras obstinadas. Eu *não era* obstinada. Hesitante, sem dúvida. Cabeça dura, também. Quando Lev me bateu ontem por não lhe obedecer no barco, eu fiquei perplexa. Chocada por ele ter verdadeiramente seguido em frente com a sua *disciplina*. Tinha doído!

Mas também tinha me permitido sofrer, parar de acumular o meu medo e a minha dor. Eu tinha ficado espantada por ele me bater, mas ainda mais surpresa pela minha reação. Eu tinha gostado daquela dose de dor. Gostava de ser obrigada a abandonar o controle. Durante as últimas horas, eu tinha discutido sobre o que eu poderia fazer para receber outro *castigo* administrado pelas mãos de Lev futuramente. Chorei, debati-me, gritei e extravasei completamente, tirei todo o veneno que havia em mim. Agora, sentia-me livre e vazia, já não me sentia com medo ou tensa. Sentia-me devastada e exausta por toda aquela experiência, mas eu sabia que queria sentir aquele ardor novamente. Estava contando com aquilo para me ajudar a me refrear. Eu contava com eles, os meus parceiros, para me refrear, para me tornar mais forte e me manter segura. Estava me apaixonando por eles, dependendo e confiando neles... e não havia nada que eu pudesse fazer para parar isto.

Eu tinha a sensação de que Lev tinha facilitado as coisas para mim, e que havia mais, se eu quisesse. Mais dor. Mais dessa escuridão acorrentada dentro de mim. Ainda não estava pronta para enfrentar aquilo, mas havia qualquer coisa nestes homens que me fazia pensar sobre as coisas que eu nunca tive antes. Eles também me deixavam ridiculamente excitada, ávida por foder e por aceitar as necessidades sexuais que eu nunca ousei imaginar antes de vir para cá, antes de ser emparelhada com três homens tão poderosos e dominadores. Eles eram viciantes, uma droga sem a qual eu não queria viver.

Eles chamavam àquilo poder do sêmen, as químicas no sêmen que me deixavam ávida por eles. Parecia completamente absurdo, mas era difícil negar a reação. Mesmo agora, eu estava encharcada, a minha vagina estava inchada e dolorida pelos pênis dos meus homens. Eu tinha acordado no meio da noite e implorado para ser fodida. Deus, corava só de me lembrar da forma tão atrevida como me comportei. Eu até tinha gostado de ter um dispositivo maior enfiado no meu cu.

Sim, eu não era a mesma mulher que tinha deixado a Terra. Eu já não era aquela filha de um vereador conservador. Era selvagem e atrevida, e não me importava. Aqui, neste momento, eu não me importava.

Tor encaminhou-me pelas cabanas, a sua mão

enorme envolvia completamente a minha com uma pressão suave. Eu estava com um vestido diferente, semelhante ao primeiro que o meu parceiro tinha destruído em meio à sua ânsia de me tomar, mas com uma cor diferente. O último tinha sido de um verde rico e vibrante. Este era de um marrom escuro e terroso, que me fazia lembrar o pelo de um urso. Tor tinha me vestido para combinar com ele. E, enquanto ele caminhava comigo pelos caminhos bem tratados do jardim entre as cabanas, ele me disse qual foi o preço, no Setor Um, de crescer sem uma família. Ele beijou-me como se fosse um homem afogando-se, desesperado por recuperar o fôlego, e prometeu nunca me abandonar ou a criança que eles estavam se esforçando para implantar no meu útero. A veemência nos seus olhos convenceu-me de que ele iria cumprir cada palavra do que tinha dito.

Caminhamos em silêncio durante um tempo, mas eu conseguia perceber que algo preocupava os meus parceiros. Lev nunca me diria o que se passava. Eu sabia disso. Ele simplesmente esperava que eu confiasse nele para tratar do assunto. Drogan? Bom, ele me diria se eu perguntasse, mas eu já sabia que ele mediria cuidadosamente as suas palavras. Ele era um diplomata, aquele que mantinha a paz entre eles, e nunca falava sem pensar muito bem nas suas palavras. Mas Tor? Tor diria a verdade.

— O que está acontecendo? Por que estamos escondidos ao invés de voltarmos para a tua capital?

Tor apertou a minha mão e puxou-me para a sombra de uma árvore imensa, onde ninguém poderia nos ver a partir dos caminhos. Ele inclinou-se para baixo, puxando-me para perto e sussurrou no meu ouvido: — O velhinho que conheceu ontem, o Regente Bard?

Assenti. O velhinho parecia ser autêntico e estar feliz por me receber em Viken e me apresentar aos meus parceiros.

— Ele era o regente de Viken. Era extremamente poderoso. Era o líder atual do nosso governo planetário.

— Eu pensei que vocês três eram os governantes.

Tor negou com a cabeça, as suas mãos subiam e desciam pelas minhas costas num deslizar suave que me faziam querer derreter para cima dele. — Sim. Temos o sangue real desde o nosso nascimento, mas fomos separados quando bebês. Antes de ti, nenhum de nós concordaria em voltar para Viken Unida e governar. Portanto, ele tinha bastante poder, e trabalhava para manter Viken envolvida na Aliança Interestelar. Mas ele não era o verdadeiro governante.

— Disse *era*.

— Ele foi morto na emboscada de ontem. Foi morto por um assassino.

Eu levei a minha mão à boca, pensando no velhinho gentil e honesto. — Oh, meu Deus.

— Alguém não ficou nada feliz com os planos do regente.

— Mas esse plano somos nós, Tor. Ele queria que vocês três reivindicassem o trono.— Eu envolvi o seu rosto com a minha mão, e eu sabia que a raiva protetora que eu sentia era o que fazia a minha voz tremer. — Você e os seus irmãos são os verdadeiros governantes de Viken.

Ele acenou afirmativamente. — Os nossos pais foram mortos quando éramos bebês. Lev, Drogan e eu sobrevivemos e fomos separados entre os três setores para manter a paz. Fomos criados em separado. O Regente Bard conseguiu manter tudo. A paz prosseguiu desde aquele dia até hoje, mas tem sido uma paz bastante fraca durante estes últimos quase trinta anos.

Passei o meu polegar pela sua maçã do rosto e encarei-o, sentindo uma ligação profunda entre nossas almas. Ele ontem tinha me falado sobre o assassinato dos seus pais, mas ainda assim...

— Eu não entendo. Quer dizer que vocês mal se conhecem? — Quando ele assentiu novamente, senti uma pontada de tristeza por eles. — Eu não tenho irmãos, mas detestaria saber que tinha sido arrancada dos únicos familiares por motivos políticos.

Ele inclinou-se e plantou um beijo casto nos meus lábios, mesmo enquanto as suas mãos enormes, que espremiam o meu traseiro, eram tudo menos inocentes. — É por isso que você é valiosa. Uma mulher emparelhada com nós três. Grávida dos três. Que vai dar à luz a uma criança feita por nós três. O bebê que será o próximo governante que unirá o planeta.

— Mas, se eles mataram o regente, isso não significa que eles também vão tentar te matar? — Perguntei, com os olhos arregalados. Se o objetivo dessa pessoa desconhecida era dominar o planeta, eu conhecia três homens bastante sexies que serviriam de obstáculo.

Ele encolheu levemente os ombros. — Talvez, mas acreditamos que você é que está verdadeiramente em perigo. *Você* é aquela que vai dar à luz ao único e verdadeiro herdeiro. Nós só temos de te foder e preencher com a nossa semente. Você será a mãe do governante. O teu filho será herdeiro do trono de todo Viken.

Eu olhei em volta, pensando que homens com arcos e

flechas poderiam aparecer do nada para nos atacar. — Será que estamos seguros aqui?

Ele colocou as suas mãos enormes nos meus ombros, inclinando-se para que eu fosse obrigada a olhar dentro dos seus olhos escuros. — Nós nunca permitiremos que nada de mau aconteça contigo. Deve confiar nos teus parceiros quanto a isso. Só um de nós estará contigo enquanto estivermos escondidos aqui, os outros dois continuarão sem ser vistos, para parecermos um casal Viken normal que acabou de passar pelo emparelhamento.

— Não será reconhecido?

Tor sorriu. — Não. O nosso planeta não divulga imagens como os outros. Aqui, tudo é gerido por uma hierarquia rigorosa, as ordens e as leis passadas pelos membros das patentes mais altas passando por todos até chegar ao agricultor ou ao soldado mais comum. Duvido que qualquer pessoa daqui tenha visto alguém além da liderança local.

Olhei para baixo, para a relva num tom verde vívido.
— Ok. Mas quando eu acordei de manhã, ouvi vocês conversarem. O que tudo tem a ver com treinar o meu cu?

Ele sorriu. Vi pelo canto do meu olho. — Há uma cerimônia que vai tornar a nossa união permanente e legalmente irrevogável. O nosso poder do sêmen ainda vai te cativar e também a nós, mas, depois da nossa ligação, já não vai dominar os nossos corpos com uma força tão grande.

— Quer dizer que eu vou ser capaz de pensar em alguma coisa que não seja foder?

— Espero que não. — O seu sorriso sexy demais era irredutível. — Mas sem a cerimônia de união, você passaria o resto da tua vida ansiando por nós. A ânsia pode ser muito severa e sabe-se que é tão grave que até deixou algumas fêmeas, que não passaram pela cerimônia, completamente loucas.

— Quer dizer que será sempre assim... desesperador? — Eu não gostava muito daquela ideia. Gostava de me sentir excitada, mas isso... isso era demais.

— Não se se unir a nós. A nós três. Depois de te tomarmos, ainda sentirá o poder do sêmen, mas será muito mais moderado.

Eu não precisava ouvir mais. O poder do sêmen levou-me até o limite do meu controle. O meu corpo ansiava por ser preenchido, por ser tocado. Eu ansiava pelo toque dos meus homens. Precisava do toque dos meus homens. A ideia de ser capaz de pensar novamente, de caminhar sem o fato de que a minha roupa me distraia por esfregar na minha pele sensível, era algo irresistível.
— Muito bem. Eu vou me unir a vocês. — Senti as minhas bochechas ficarem quentes e soube que um rosa escuro tingiu a minha face. — A vocês três.

— Para se unir a nós, temos que te foder ao mesmo tempo. Eu vou tomar o teu cu, Lev, a tua boceta e Drogan vai foder a tua boca. Só então a união será reconhecida pelo nosso povo.

A ideia de servir estes três homens ao mesmo tempo, ser espremida entre eles, sentir e provar os seus pênis ao mesmo tempo, me fez gemer. Tor riu e me puxou de volta para o caminho. — É por isso que deve ser treinada. Eu não quero te machucar. Eu sou grande e o teu cu é apertadinho. — Nós paramos diante de uma cabana.

— Eu tive um dispositivo dentro de mim durante toda a noite. — destaquei.

Enquanto Tor abria a porta para mim, ele continuou: — Sim, mas os dispositivos que recebeu nesse teu rabinho precioso eram muito menores que o meu pau. Vamos passar a próxima hora trabalhando nesse teu buraquinho virgem, esticando-o e preparando-o para mim. Mas há um desafio nisto, Leah.

Inclinei a minha cabeça. Só um desafio? Desde que cheguei a Viken tudo me parecia um desafio.

— Isto é um centro para parceiras obstinadas. Isso significa que os instrutores daqui esperam um pouco mais de disciplina e um pouco mais de submissão.

— Quer que eu te enfrente? — Lambi os lábios. — Isso poderá ser impossível devido à minha... ânsia.

Ele sorriu e os seus olhos escureceram. — Eu amo o fato de ser tão voraz por nós. Então, faremos assim. Você finge que me enfrenta. Finge que é uma menina má. — Ele passou o seu dedo sobre a minha bochecha, acariciando-a, enfiando o meu cabelo atrás da minha orelha. — Consegue ser má para mim?

— Isso significa que vou levar mais palmadas?

Ele disse: — As meninas más não deveriam estar tão ávidas por receber uma palmada. Vai receber palmadas e uma coisa bastante grande para enfiar nesse cu virgem. — Ele inclinou-se e sussurrou: — Certifique de me enfrentar.

Eu sabia o que isso significava e a minha boceta também, porque os meus fluidos escorreram pela minha coxa só pela expectativa enquanto Tor abria a porta. Com uma mão nas minhas costas, ele me conduziu para dentro da cabana. Assim que passamos pela porta, parei e respirei com força. Talvez enfrentá-lo não fosse ser tão difícil quanto eu pensava. Aceitar a minha carência pelos meus parceiros não era o mesmo que aceitar o que eu via diante de mim.

A cabana com um cômodo só servia exclusivamente para o treinamento do meu cu. Eu comecei a rir só de pensar no quão louco aquilo era – eu nem sequer conseguia imaginar algo desse gênero na Terra – mas reprimi o riso por trás da minha mão. Uma mulher estava deitada de costas num tapete suave. Correias, ligadas por ganchos na parede por trás dela, estavam enroladas ao redor de cada um dos seus joelhos para puxar as pernas dela para trás e abri-las, o traseiro dela estava levantado do chão. A vagina dela estava totalmente à vista para o seu parceiro que estava ajoelhado entre as coxas abertas dela. Visto que isto era a sala de treinamento para o cu, ele não estava fodendo-a. Bom, ele não a fodia consigo próprio. Ele usava um vibrador enorme, não na vagina dela, mas na sua entrada traseira. Os olhos dela estavam cerrados e ela estava ofegante, a pele estava coberta por um brilho de suor. O parceiro dela inclinou-se, aproximando-se e colocou dois dedos enormes dentro e fora da vagina molhada dela enquanto o vibrador era enfiado no cu. Ele abaixou a sua boca para chupar o clítoris dela, com força o suficiente para que eu pudesse ver a pele suave e rosada dela enquanto ele se levantava e se afastava do corpo. As costas dela arquearam-se e ela se queixou fazendo um som que eu conhecia bem demais porque era o mesmo som que eu tinha feito ontem à noite enquanto implorava aos meus parceiros que me fodessem. A mulher estava perto, tão perto de chegar ao ápice. Eu fiquei tensa e fechei as minhas pernas, apertando contra o vazio que sentia ao vê-la estremecer, todo o corpo dela tremeu enquanto ele a deixava à beira de um orgasmo antes de retirar os seus dois dedos e a sua boca para continuar a fodê-la com o vibrador no cu.

A vagina dela estava escorregadia e pingando e eu observei os músculos dela se comprimirem e soltarem enquanto ele mexia nela. Fodida. Tomada.

A mulher gritava enquanto gozava e eu mordi o meu lado para impedir-me de gritar com ela. Eu não percebi que agarrava a mão de Tor com uma força brutal até ele apertar a minha mão e se inclinar para sussurrar no meu ouvido: — Você é a próxima, parceira.

— Bom dia. — Dei meia-volta ao ouvir o cumprimento. O macho Viken que falou estava vestido com uma roupa simples, mas a camisa dele tinha uma insígnia no peito que indicava que ele era um instrutor do centro. — Aquele casal acabado de emparelhar estava terminando sua sessão.

O comentário dele foi oportuno, porque o segundo gemido profundo de prazer da mulher preencheu a sala. Tor sorriu com orgulho e o instrutor foi profissional o suficiente para manter uma expressão tranquila.

— Quando conseguir ter a tua parceira ajeitada no banco de treinamento, o outro casal já terá saído.

Tor acenou e olhou para mim. — Dispa-se, por favor.

Eu olhei para Tor com cautela, depois, para o banco onde eu sabia que o meu traseiro estaria exposto para cima, para o treino. Aquilo excitava-me e assustava-me ao mesmo tempo. Ter um dos homens brincando com o meu cu enquanto estávamos nos tocando, beijando e fodendo em privado era excitante. Agora, isto eu já não tinha tanta certeza.

— Vem, amor. Nós conversamos sobre isto. O meu

pau está tão grosso quanto o teu pulso, mas *vai* entrar nesse teu cuzinho virgem.

— Mas...

— Tem uma opção.

Iluminei-me de esperança. — Pode ir para cima daquele banco e eu posso meter em você um dispositivo de treinamento e te fazer gritar enquanto goza, ou pode ir para cima daquele banco e, depois de ter um dispositivo grande e bonito no teu cu, recebe umas boas palmadas antes de eu permitir que goze.

— Não pode estar falando sério!

— Prefere as palmadas então.

A minha boca abriu-se e Tor arqueou a sua sobrancelha. — Pode fazer o que eu te dito e escapar apenas com umas boas palmadas no teu traseiro nu, Leah, ou pode discutir e eu vou te bater nas coxas e não vou permitir que goze.

O instrutor acenou em tom de aprovação ao ver a minha expressão de choque, mas eu sabia que Tor cumpriria cada palavra do que dizia. Sacudi-me como se fosse uma folha, corando num tom rosa vivo enquanto o instrutor observava-me com um interesse intenso, inspecionando cada pedaço da minha pele enquanto eu desabotoava o vestido e deixava-o deslizar sobre os meus seios e meus quadris nus para cair no chão, aos meus pés. Uma vez estando nua, olhei para dentro dos olhos de Tor com toda a coragem que tinha e caminhei até o banco.

— Boa menina, Leah. — murmurou Tor, e por mais que eu quisesse ficar irritada com toda esta situação, o elogio dele se espalhou pelo meu corpo, fazendo o meu coração se derreter e a minha boceta ficar molhada. Eu queria que ele fosse feliz. Eu queria agradá-lo.

— Ela se tornará numa submissa excelente com algum treino. É um homem sortudo. — Ouvi o instrutor por trás de mim e fitei-o por baixo das minhas pestanas, ciente de que ele conseguia ver tudo, de que ele assistiria a tudo o que Tor ia fazer comigo. Aquilo não me agradou. Eu não gostei da forma como o olhar dele se tornou sombrio com interesse enquanto inspecionava os meus seios ou a forma como o olhar dele desceu, demorando-se na umidade entre as minhas pernas.

Ele não importava. Ele não tinha merecido o direito de olhar para mim. Eu não estava preocupada quanto a agradá-lo. Ele não representava nada.

Com a minha ira crescente, a minha vagina comprimiu-se e eu senti o desejo dissipando-se. Eu não era o brinquedo deste velho. Eu não lhe pertencia.

— Quero os teus olhos em mim, Leah. — falou Tor, repreendendo-me e eu tirei os olhos do velho instrutor para olhar para o meu parceiro. Os olhos dele estavam escuros de prazer enquanto olhava para mim, sem tentar esconder a forma como o meu corpo o agradava. — Não há mais ninguém aqui. Compreendeu? Só vai ouvir a minha voz. Não vai sentir nada além do meu toque. Isto vai me agradar. É linda e eu quero que ele te veja ansiar por mim. Quero que ele veja enquanto você goza para mim e tenha inveja de mim por ter uma parceira tão linda. — Ele aproximou-se e levantou o meu rosto com uma só mão, puxou-me para perto do seu corpo duro com a sua outra mão no meu traseiro. — Eu quero que ele fique duro só de te ver. Quero que ele fique desesperado por saber que é minha, por saber que nunca vai tocar no que é meu. Provoca-o com a tua beleza, Leah.

Oh, sim. Eu conseguia fazer isso, tornar o meu

parceiro um deus aos olhos do velho. Com uma condição.
— Não vai permitir que ele me toque? Eu não quero que mais ninguém me toque. Só você. — O meu coração estava nos meus olhos e eu o sabia, mas não me importava. Os meus parceiros podiam segurar-me, tocar-me e possuir-me. Mas só eles, mais ninguém. Eu não confiava em mais ninguém e não queria mais ninguém.

— Acredite em mim. Eu não compartilho. — Tranquilizada pelas suas palavras, dei-lhe um leve aceno e permiti que ele me encaminhasse para o banco, a parte da frente das minhas coxas e quadris estavam pressionados para a frente. A mão firme de Tor nas minhas costas empurrava-me para baixo, sobre a mesa almofadada que estava diante de mim e eu fui prontamente, a minha boceta já estava molhada enquanto eu repassava o que tinha acabado de testemunhar na mesa ao lado da nossa. A mulher que tinha gritado enquanto gozava, estava agora enrolada num cobertor suave e encolhida, relaxada e feliz contra o peito enorme do seu parceiro enquanto ele a levava para fora da cabana, deixando a mim e Tor sozinhos com o instrutor.

— A tua parceira precisará de algemas? — perguntou o instrutor.

Olhei para a parede que estava diante de mim. Estava coberta de ganchos, que tinham suspensos os mais variados tamanhos e formas. Engoli em seco, perguntando-me qual deles Tor escolheria.

Tor foi até a parede e selecionou um dispositivo pequeno, com um tamanho parecido ao do seu dedo e, então, um muito maior. Uau, aquele era mesmo *grande*, tinha protuberâncias e algum tipo de interruptor... será que ele vibrava?

— Leah vai ser uma boa menina e receber este dispositivo — ele mostrou o pequeno ao instrutor — sem dificuldade alguma ou, então, vou algemá-la e colocar este aqui dentro dela. — Ele levantou o dispositivo monstruoso.

O aviso era real e a escolha era minha.

— Aqui está o teu frasco de líquido. Tem o suficiente na sua cabana?

— Sim, obrigado. — Tor colocou-o sobre uma mesa pequena onde eu o podia ver, e vi enquanto ele cobria o pequeno dispositivo com a substância escorregadia. Depois, ele enfiou dois dedos dentro do frasco e se mexeu por trás de mim.

— Respira, Leah.

O deslizar frio dos dedos de Tor sobre o meu buraco me fez guinchar de surpresa, mas eu não me mexi.

— Líquido nunca é demais. — comentou o instrutor.

As minhas bochechas enrubesceram e o instrutor continuou a tecer comentários enquanto Tor mexia no meu traseiro, esticando-me lentamente para permitir que o seu dedo deslizasse para dentro. Depois do ardor, arfei e comecei a ir para trás, recuando para me colocar contra o único dedo enquanto a sensação de ser preenchida com cada ponta dele deixava-me imediatamente excitada. Assim que comecei a gostar verdadeiramente de me sentir preenchida por aquela leve invasão, ele libertou-me.

Gritei de tristeza, mas ela durou pouco. A ponta dura do pequeno dispositivo foi pressionada contra mim e deslizou para dentro de mim sem muito esforço. Arfei enquanto ele assentava dentro de mim e balançava meus quadris para ajustá-lo, mas não foi algo doloroso. Desconfortável, sem dúvida, mas nada pior do que o que os meus parceiros tinham utilizado na noite anterior.

Tor deu a volta e agachou-se, colocando o seu rosto diante do meu. Tirando o meu cabelo do meu rosto, ele olhou-me nos olhos. — Boa menina. — Ele sorriu para mim e eu não pude evitar sorrir-lhe de volta. — Mas isso foi fácil demais. Afinal de contas, isto é um treinamento.

Eu não tive tempo de questionar as palavras dele, já que ele se colocou novamente por trás de mim.

Presumi que ele fosse deslizar o dispositivo para fora, mas ao invés disso, eu senti outro dispositivo, ainda maior, a ser pressionado contra a entrada da minha vagina molhada. As minhas pernas estremeceram e eu apertei a minha testa contra a mesa, agarrei as pontas desesperada enquanto ele inseria suavemente, deslizando o vibrador enorme para dentro e fora do meu núcleo de forma lenta, tão lenta. Para dentro. Para fora. O esticão adicional do dispositivo por trás fez com que o que foi inserido na minha vagina parecesse impossivelmente grande. Eu estava cheia. Tão cheia.

Tor usou-o em mim, fodendo-me até o suor escorrer pelo meu corpo e eu ficar desesperada para gozar.

— Ela está bastante molhada. — comentou o instrutor. — Você deve estar bastante feliz. É muito difícil para as parceiras sentir-se excitadas durante a sessão de treino do cu.

Tor tomou o comando dos dois dispositivos e começou a foder-me com eles, alternando entre eles; quando um deslizava para dentro, o outro deslizava quase completamente para fora. Eu sabia que ele imitava o que aconteceria quando eu tivesse o pênis dos meus dois homens preenchendo-me, mas o instrutor não sabia. A voz do velhote soava fina, como se ele não estivesse conseguindo recuperar o fôlego.

— Devia foder a boceta dela enquanto ela tem o dispositivo no cu. Isso fará com que ela comprima excepcionalmente o seu pau. Isso será uma prática excelente para a sua parceira e também será uma experiência bastante prazerosa para você.

Tor não respondeu com palavras, mas ele realmente fodeu-me mais rápido com os dispositivos e eu gemi ao sentir aquilo, ignorando os zumbidos do outro homem quanto às técnicas de treinamento. Eu não me importava com ele. Restringi o meu foco ao som dos murmúrios de aprovação de Tor enquanto ele brincava com o meu corpo, e para o deslizar molhado dos dispositivos enquanto ele me preenchia com eles.

Mordi o meu lábio, tremendo e estando no meu limite quando ele inseriu os dois... e parou.

— Agora está na hora das palmadas, sua atrevidinha.

Se eu pensava que ele me pouparia, eu teria implorado, mas eu sabia que quaisquer palavras da minha parte eram um desperdício. Sobretudo tendo em conta que ele prometeu que me daria umas boas palmadas diante do instrutor.

A mão dele desceu no meu traseiro nu e eu comprimi as minhas nádegas enquanto uma dor aguda sobressaltava-me, fazendo tanto a minha boceta quando o meu cu comprimirem os dispositivos.

Oh, céus. E mais. Eu queria mais.

Não havia forma de conter os meus gritos enquanto ele continuava a atingir a minha bunda uma e outra vez, fazendo o fogo se espalhar por mim com cada palmada ardente, com cada dor pungente e saborosa. Eu contei porque tinha de fazê-lo, os números na minha cabeça eram a única coisa que mantinha a minha mente inteira enquanto o fogo e a luxúria sobrecarregavam os meus sentidos.

Lágrimas escorreram pelas minhas bochechas, manchando a mesa por baixo de mim, mas eu nem sequer tentei refreá-las. Elas eram as únicas coisas que eu conseguia libertar por agora. — Por favor!

— Quer gozar?

— Sim. Por favor. Por favor! — O meu pedido gritou desde a minha garganta enquanto ele mudava a sua postura por trás de mim e puxava os dois dispositivos quase completamente para fora do meu corpo. Ele manteve-os ali, com as suas pontas praticamente para fora de mim enquanto ele esperava que eu cedesse.

— O que quer, Leah?

Eu estava muito além do ponto da fala, simplesmente empurrei o corpo para trás, contra ele, tentando colocar os dispositivos para dentro de mim novamente. Ele só me deu um, os meus gritos de frustração eram bastante reais enquanto ele preenchia o meu cu e deixava a minha boceta vazia.

— Se pudesse nos dar alguma privacidade, agora, eu gostaria de foder a minha parceira como sugeriu.

— É claro. — murmurou o homem. — Pela forma como a sua parceira está respondendo, a minha ajuda claramente já não será necessária.

Tor continuou a trabalhar no meu cu até a porta se fechar. Ao ouvir o som, ele parou e inclinou-se sobre mim, cobrindo o meu traseiro e as minhas costas com o seu corpo duro. Eu estava com o corpo pressionado contra a mesa, o meu corpo estava em chamas enquanto ele me cobria com o seu. — Devia ter visto a cara dele, Leah. É tão linda, tão gostosa e a tua boceta está tão molhada por mim. — A mão dele deslizou sobre a minha nádega ardente para envolver a minha vagina que agora estava vazia, e eu gemi. — Estou tão orgulhoso de você. Todos os homens do universo vão te querer, Leah, todos vão querer isto. — Ele deslizou dois dedos para dentro da minha vagina. — Vão te querer.

O deslizar íntimo dos seus dedos no meu núcleo molhado era como um choque elétrico para o meu sistema. O meu corpo se sacudiu por debaixo dele, completamente fora do meu controle. Eu só conseguia agarrar a ponta da mesa e lutar para recuperar o fôlego.

Tor colocou-se de pé e recuou, deixando a minha boceta dolorida e vazia novamente. Eu não me mexi, simplesmente esperei, sabendo que não me seria permitido gozar até ele me permitir. Eu quase gritei de alívio enquanto ouvia a calça de Tor cair no chão. Segundos mais tarde, a ponta quente do seu pau tocou na entrada do meu cu. — Eu agora vou te foder. Com força.

— Sim! — Ele deslizou bem fundo e eu gritei.

— Acho que gosta de ter o teu cuzinho preenchido. — Ele entrou com força dentro de mim.

— Sim! — Repeti. A sensação de ter tanto o seu pênis enorme e o dispositivo dentro de mim era tão apertada, tão agradável. *Tão duro. Tão grande.*

O pré-sêmen dele cobriu-me por dentro com cada investida do seu pau enorme e eu sentia-me perdida, selvagem. Ele poderia ter deslizado aquele dispositivo gigante para dentro do meu cu que eu teria gostado. O meu parceiro, esta ligação, estavam queimando o meu cérebro.

— Eu preciso, Tor. Por favor. — implorei.

— Quer que eu ponha algo maior no teu cu enquanto te fodo?

— Sim! — Gritei.

Ele saiu de dentro de mim e foi até a parede, alheio ao fato de o seu pênis ter saído escorregadio e brilhante com a minha excitação. Ele encontrou um e agarrou-o. Traguei, depois, comprimi em volta do dispositivo pequeno. Gemi ao ver Tor cobrir o substituto com uma quantidade generosa de líquido.

Cuidadosamente, ele puxou o dispositivo menor de mim e substituiu-o pelo outro, o novo com rugosidades. Enquanto ele o empurrava para dentro de mim até o primeiro encaixe, enfiou também o seu pênis, mas só um centímetro. Quando ele deslizou até o segundo encaixe, deslizou também mais um centímetro dentro de mim. Ele preencheu o meu cu e a minha boceta, devagar, um centímetro de cada vez. Quando a base do dispositivo foi contra o meu cu e a cabeça brusca do seu pau tocou no meu cérvix, eu me desfiz em pedaços.

O meu corpo comprimiu ambos os bastões espessos, colocando-os mais para dentro de mim. Certamente Lev e Drogan podiam ouvir-me desde o outro lado do centro.

Tor, então, me fodeu, rápido e com força e eu gozei uma e outra vez, tão excitada, tão carente que não conseguia parar. Cada orgasmo levava-me mais e mais além, num espiral de carência que fazia com que eu agarrasse a mesa e implorasse por mais, a minha voz ficou rouca de tanto eu implorar por mais.

— Sim, parceira. Está me apertando tanto, Leah, não consigo me conter. Vou gozar.

Ele o fez, o seu sêmen quente jorrou em mim,

cobrindo o meu interior, desencadeando outro orgasmo. Tive dificuldade em recuperar o meu fôlego e não conseguia fazer nada além de descansar, saciada e fraca. A minha mente estava cansada e letárgica enquanto Tor saía de dentro de mim; um jato quente do sêmen dele se seguiu, escorrendo e cobrindo a parte interna das minhas coxas.

Tor esfregou a sua mão sobre o meu traseiro e eu não me queixei quando ele deslizou o dispositivo menor para dentro da minha vagina. Eu não tinha como lutar ou discutir. Eu era dele. Totalmente.

Tor pegou o meu vestido esquecido e ajudou-me a ficar de pé mesmo com as minhas pernas bambas, e usando a minha mão para manter o equilíbrio enquanto ele me ajudava a deslizar o tecido sobre o meu corpo novamente.

— Não vai tirar os dispositivos? — Perguntei enquanto ele mantinha a porta aberta para mim, o sol radiante magoava os meus olhos depois de ter estado no confinamento frio da cabana.

Tor negou com a cabeça. — Está em treinamento, Leah. Além disso, penso que Drogan e Lev estejam interessados em ver o que fizemos.

A ideia de levantar as minhas saias para mostrar aos meus outros homens que estava preenchida me fez gozar. Arfei e os meus olhos cerraram-se enquanto a onda suave de prazer passava por mim. Assim que acabou, olhei para cima, para Tor. Ele me olhava, de olhos arregalados.

— O poder do sêmen é verdadeiramente impressionante. Temos de ser rápidos, estou duro outra vez e tenho a certeza de que os outros também precisam de você.

8

rogan

Eu NÃO PRECISAVA VER Leah nua e algemada a um banco de procriação para querer jorrar o meu sêmen dentro dela. Fiquei duro só de a ver entrar com o corpo rígido vinda da sua sessão com Tor. Eu sabia que ela devia ter um dispositivo bastante grande preenchendo o seu cu e eu não conseguia conter nem o sorriso que se abriu no meu rosto, nem o endurecimento e aumento do meu pau. Saber que ela era tão ávida, tão disposta e obediente a ponto de se ajustar às nossas necessidades, deixava-me duro como pedra e ansioso por fodê-la novamente.

Céus, saber que ela estava a uma distância curta era tudo o que impedia a mim e a Lev de correr até ela para aliviarmos a forte atração do poder do sêmen. Mas tínhamos de continuar escondidos, não podíamos permitir que ninguém que nos visse nas cabanas de foda soubesse que Leah era só mais uma fêmea Viken com o seu novo parceiro. No entanto, na nossa própria cabana, com as cortinas de privacidade baixas, podíamos fazer o que quiséssemos com ela.

Passamos a semana toda fodendo-a em qualquer local, menos no banco das palmadas. Só utilizávamos aquele aparelho para deslizar um dispositivo consistentemente maior dentro do cu dela ou para que Lev lhe desse umas boas palmadas... só porque sim. No final da semana, nós três estávamos confiantes de que conseguiríamos tomá-la de uma só vez sem a machucar, mesmo com a excitação adicional vinda do poder do sêmen. Não se tratava apenas de engravidá-la, embora preenchê-la com o nosso sêmen não fosse uma dificuldade.

Cada vez que um de nós levava-a para fora da cabana, nós a lembrávamos de que ela tinha de ser uma menina má. Ela se divertia com aquilo, obrigando Tor a dar-lhe umas boas palmadas no seu traseiro despido na área principal onde qualquer um que passasse pudesse testemunhar. Eu tinha levado Leah para ver um mentor para estudar melhores formas de comê-la. Eu estava bastante confiante – e Leah também – de que ela responderia bem ao fato de a minha boca estar na sua boceta, mas precisávamos manter a fachada.

Embora ela tivesse gostado de ter a minha língua torturando-a durante uma hora, ela não estava fingindo quando eu lhe disse que ela seria amarrada e aberta para mim, enquanto cada reação dela era monitorada pelo mentor. Enquanto eu atava um dos joelhos, depois o outro, ela resistia, obrigando-me a bater nela antes de começarmos. O fato de ela ter gozado só por eu lhe ter batido só aumentava a humilhação dela. Mas eu recompensei-a cuidadosamente com a minha língua e os meus dedos enquanto o mentor elogiava a capacidade da minha parceira de se submeter.

Saber que ela gostava do nosso domínio fez com que Lev a atasse à cama ou à mesa uma vez ou outra para satisfazer as necessidades dela. O que quer que ela quisesse, o que quer que o corpo dela desejasse, nós dávamos. Nós empurrávamos as barreiras sexuais dela e a satisfazíamos à exaustão todas as noites.

— Já passou uma semana, Leah, e nós adiamos tanto quanto pudemos.

Nós ficamos diante da cama onde ela estava deitada, resplandecente com os seus cabelos ruivos e sem nada cobrindo as suas curvas. Ela sentou-se, já não sentindo nenhuma vergonha do seu corpo.

— Ah, é?

— Tem de ser vista por um médico. Todas as parceiras passam por um exame à chegada para detectar algum indício de problemas físicos, mas nós adiamos por tua causa.

— Os teus seios estão diferentes. — disse Tor.

Leah olhou para si própria. Também notava coisas diferentes.

— Os mamilos dela estão maiores. — comentou Lev.

Nós nos movemos como se fôssemos um só para nos sentarmos na cama, cercando-a.

Certamente, os mamilos dela estavam num tom rosa vivo e os círculos, que normalmente eram pequenos, estavam maiores. Não estavam apertados como pequenas joias como era habitual, mas continuaram inchados e cheios.

— Tudo está maior. — Lev envolveu um seio com a sua mão e olhou para mim. Envolvi o outro e, sem dúvida, estava mais pesado. Mais cheio.

Os olhos de Leah cerraram-se enquanto tocávamos nela.

— Agora temos um motivo para ver o médico.

Os olhos dela se abriram. — Eu não tenho de ver um médico por meus seios estarem maiores. É só TPM.

— Maiores... e mais sensíveis. — comentou Lev, esfregando o seu dedo sobre o mamilo, ignorando-a totalmente.

Cada um de nós foi dizendo as alterações que via – e sentia.

— A nossa semente criou raízes. — presumi.

Orgulho e uma excitação estonteante corriam pelas minhas veias. Nós certamente a fodemos o suficiente. Senti-me viril e poderoso ao ver os sinais precoces de que ela estava grávida.

Ela negou. — É muito pouco tempo. Como eu disse, eu tenho certeza de que isto é só TPM.

— Eu não sei o que é TPM. Se for algo grave, deveria ter dito mais cedo. — disse-lhe. Será que ela não se sentia bem durante todo este tempo e nós não sabíamos?

— Não é algo mau. Isso só significa que eu vou ficar com...

O rosto e o pescoço dela ficaram num maravilhoso tom de rosa. Mesmo depois de tudo o que tínhamos feito com ela, todas as formas como tomamos o corpo dela, ela ainda se sentia envergonhada.

— Os teus fluidos? — Perguntou Tor.

Três rostos focados e ligeiramente preocupados olharam para a nossa parceira enquanto ela assentia.

— Não é isso. — disse eu, ela está claramente carregando o nosso filho.

— É muito pouco tempo para estar grávida. Demora pelo menos duas semanas para se saber. — insistiu ela.

— Quanto a ser pouco tempo, isso pode ser verdade na Terra. — Passei a minha mão sobre a barriga ainda lisa dela e pensei sobre como em breve ficaria redonda. — Em Viken, desde a concepção até o parto são quatro meses.

Os olhos dela se arregalaram. — Quatro meses? — Ela colocou a mão dela sobre a minha.

— Isso significa...

— Isso significa que vamos ver um médico.

Leah

— Portou-se muito bem, Leah, ao fazer os mentores acreditarem que nos enfrentava. Apesar da forma como parecem, eles são todos bastante... misericordiosos, visto que eles querem que todas as noivas Vikens sejam totalmente satisfeitas.

Satisfeita não era a melhor palavra para descrever a forma como os meus homens me tinham dado prazer. Exausta. Dominada. Protegida. Estimada. Amada...

— No entanto, o exame físico é... diferente. — Drogan olhou para baixo enquanto me levava na direção da cabana médica. Era maior do que as outras e estava escondida por detrás de umas árvores.

— Diferente? — O receio desacelerou os meus passos,

mas a mão de Drogan no meu cotovelo manteve-me em movimento.

— O teu corpo vai ser verdadeiramente testado e analisado. Os médicos e mentores precisam se certificar de que quaisquer problemas entre nós são provocados por limitações mentais, problemas de confiança e não por doenças físicas. Eles podem aceitar uma nova noiva que tenha medo do seu parceiro ou que não está habituada a foder, mas não vão aceitar uma parceira fraca ou com algum problema não diagnosticado. Lembre-se de que eu estou sendo tão testado por eles quanto você.

— O que quer dizer com isso? — Perguntei enquanto parávamos diante da porta.

— Um parceiro deve guiar a sua noiva. Se eu não te der prazer, se eu não te estimar, se não cuidar de você e conquistar a tua total confiança, então, isso significa que a culpa é minha. — Drogan inclinou o meu queixo para cima. — O exame médico é crítico. Nós vamos ser esquadrinhados. Você vai ser apertada, pressionada e testada. Aqui, creio que a tua resistência não será fingida.

Ao ouvir aquela nota ameaçadora, ele abriu a porta e encaminhou-me para dentro, o temor desacelerava os meus passos enquanto eu o seguia. A única coisa que me impedia de ir embora era o fato de saber que nenhum dos meus parceiros me colocaria voluntariamente em risco.

Embora não houvesse outros casais nas diversas cabanas de treinamento que visitamos durante a semana, o centro médico era definitivamente diferente. Eu congelei diante da porta de uma sala enorme e a minha boca abriu-se. Num canto, estava uma mulher com o seu vestido preso nas costas, expondo o seu traseiro nu. Ele estava com manchas vermelhas, obviamente devido a palmadas, mas também tinha riscas horizontais que riscavam a sua pele visivelmente macia. Ela tinha sido espancada não só com uma mão, mas com um cinto ou um bastão ou... alguma coisa. As mãos dela estavam para cima e por trás da cabeça e ela tinha os cotovelos para fora. Ela teve de se inclinar para frente para tocar com o nariz na parede. Isto, obviamente, fez com que seu traseiro castigado ficasse exposto.

Um homem, que provavelmente era o seu parceiro, ao lado de um outro que estava vestido com um uniforme, estavam de pé e falavam sobre a desobediência dela e sobre um plano de vários dias para treiná-la. Eu corei ao ver a forma como falavam dela, como se ela fosse um... objeto.

— Muito bem, Alma, muito bem.

A voz me fez virar a minha cabeça. Uma mulher estava de joelhos chupando o pênis de um homem, que estava suspenso na parte da frente das suas calças.

— Mantenha a cabeça quieta. Vou foder a tua cara como eu quiser. — A mão do homem envolveu a parte de trás da cabeça dela e manteve a mulher quieta, sua boca se esticou imenso em volta do seu pênis grosso.

— Disse que estava preocupado quanto ao reflexo de vômito dela. — Um homem vestido com um uniforme estava de pé numa posição perpendicular à do casal e observava com desinteresse. — Mostre-me.

O homem empurrou os quadris para frente, enfiando o seu pênis quase completamente dentro da boca da mulher. As suas mãos subiram e ela empurrou as coxas do seu parceiro na direção oposta enquanto os olhos dela se arregalavam. Ele parou por um segundo, depois, puxou para trás, mas sem sair totalmente da sua boca. A mulher respirou fundo pelo nariz e relaxou.

— Sim, consigo ver. A forma como ela responde é bastante forte; no entanto, não se trata de um problema médico, mas sim de uma questão de treino. Eu vou indicar o mentor que fornecerá um pênis de treinamento para que ela pratique. Vai querer que ela o use enquanto a fode para que ela possa ter prazer – e até goze – quando a boca estiver cheia.

O homem tirou o seu pênis da boca da mulher e utilizou o seu polegar para limpar os lábios dela, os olhos dele estavam cheios de admiração e... orgulho. Embora eu pudesse ver que a mulher se sentia claramente humilhada por estarem falando dela de forma tão descarada e clínica, ela também se regozijava com os cuidados do seu parceiro, e ainda mais quando ele a ajudou a se levantar e beijou a testa dela.

Enquanto ele abotoava as suas calças, disse: — Obrigado, doutor.

O casal veio na nossa direção e nós nos desviamos para que eles saíssem. O doutor abordou-nos e apertou a mão de Drogan.

— Já passou uma semana e penso que seja hora de vir até aqui. — disse Drogan. — Tenho certeza de que compreende o motivo da nossa demora.

O doutor assentiu. — Certamente. Eu ouvi bons relatórios de vários mentores quanto ao progresso da sua parceira

— Sim, ela a princípio se mostrou bastante hesitante quanto a ser observada, sobretudo quando eu me deleitava na boceta dela, mas ela parece ter ultrapassado esse problema.

Eu ruborizei e senti a pele quente ao me lembrar da forma como Tor tinha me dado um prazer implacável na cabana de treinamento, com as minhas pernas abertas e atadas para que não conseguisse resistir. Mas o calor que me subia às bochechas também era provocado pela forma como ele falava de mim. Eu não era uma propriedade, mas ele falava de mim como se fosse.

— Eu estou aqui. — murmurei, estreitando os meus olhos na direção de Drogan.

O doutor permaneceu em silêncio, mas uma das suas sobrancelhas se ergueu.

— Eu tenho trabalhado no comportamento dela, mas é... difícil.

Drogan soava como se estivesse trabalhando com um cãozinho não-adestrado.

— Quais os métodos de punição que utilizou?

— Palmadas, como é óbvio.

— Alguns dos parceiros utilizam o buraco traseiro da sua parceira como forma de manter a obediência.

Eu queria matar o doutor, mas presumi que isso seria levar o termo *obstinada* a outro patamar.

Drogan deslizou a sua mão enorme pelas minhas costas abaixo. — Fico satisfeito por poder dizer que a minha noiva gosta muito de brincar com o cu para que isso seja considerado algum tipo de castigo.

As minhas bochechas arderam e eu olhei para o chão.

— Ah, sim, eu lembro de que passou algum tempo com o mentor de treinamento de cu.

Drogan apertou a minha lateral, talvez à procura de reafirmação.

— Ela tem um buraco bastante apertado. É necessário esticá-lo um pouco mais antes de eu a tomar ali, mas ela responde bastante bem a brincadeiras anais. Estou ansioso por ver como ela reage ao meu pau entrando por aquele portal virgem adentro.

Eu olhei para cima, para ele e a minha boca abriu-se. Eu também o queria, mas... céus.

— Vamos começar com o exame, pode ser? — O doutor moveu-se para a maca que era bastante parecida com a maca do meu ginecologista na Terra. Paralisei e olhei para ela.

— Aqui? — Sussurrei para Drogan. — Vai haver *pessoas* na sala enquanto eu estou sendo *examinada*.

A mulher ainda estava de pé, num canto, os dois homens permaneciam perto dela. Outro homem veio e depois saiu. Não havia privacidade *nenhuma*.

— Doutor, a minha parceira responde melhor com recompensas do que com punições.

Drogan virou-se para ficar diante de mim enquanto os seus dedos agarravam a bainha do meu vestido e a levantava, subindo, até que o tecido do meu vestido estava enganchado sobre o seu antebraço. Embora eu sentisse o ar frio da sala na parte de baixo das minhas pernas, eu ainda estava coberta para todas as pessoas que estavam na sala. Os dedos dele tocaram no meu anel clitoriano antes de deslizarem por ele, abrindo-me, depois, deslizando facilmente dois dedos para dentro de mim.

Eu agarrei os seus antebraços enquanto sussurrava o nome dele, desta vez, ávida e não envergonhada.

Inclinando-se para baixo, ele sussurrou no meu ouvido para que só eu pudesse ouvir. — Eu consigo sentir o nosso sêmen dentro de ti. Sabe o que significa para mim saber que foi marcada?

A voz dele, embora calma, estava cheia de desejo. Ele

estava tão afetado quanto eu, mas ele tinha que ser forte. Eu mal conseguia formular um pensamento coerente, mas ele estava sob escrutínio tanto quanto eu. Ele tinha que me controlar para provar o seu domínio sobre mim e eu tinha de ceder para provar que eu tinha sido emparelhada com ele. A forma como os seus dedos habilidosos encontraram o meu ponto G e começaram a acariciá-lo, mostrava que não seria muito difícil. — Vai gozar para mim, depois, vai deixar o doutor te examinar. Mais nada, certo?

Eu deixei a minha testa cair sobre o seu peito sólido enquanto enterrava os meus dedos nos seus bíceps. — Sim! — Gritei. O meu orgasmo foi tão rápido que eu nem sequer sufoquei a palavra.

Eu estava bastante ofegante e recuperando o meu fôlego, recompondo-me. Drogan deslizou os seus dedos para fora de mim e deixou o vestido cair no chão. Inclinou o meu queixo para cima, eu vi enquanto ele lambia a minha excitação dos seus dedos.

— Não há a menor dúvida, doutor, de que o emparelhamento é forte.

— Nenhuma, de fato.— respondeu ele. — O poder do seu sêmen é forte.

— É, sim. — contou-lhe Drogan. — Acho que ela já está grávida.

Eu estava muito saciada para me sentir envergonhada e estava grata por ter as mãos de Drogan segurando-me, o corpo dele servia de escudo entre mim e os outros.

— Devo registrar esta paciente para o senhor, doutor? — Um homem fez a pergunta, embora eu não pudesse ver quem era. Eu tinha de presumir que era um dos outros homens com uniforme.

— Não, obrigado. Eu próprio introduzirei os dados sozinho quando terminar aqui. Se ela estiver grávida, conforme diz o parceiro dela, haverá formulários adicionais.

— Como queira. — respondeu o outro homem. Eu ouvi os passos dele recuando.

— Posso examiná-la agora? — perguntou o doutor.

— Sim, no entanto, só autorizo a digitalização externa. Não quero que nenhum outro homem toque nela, nem mesmo um médico.

 ev

— Então? — Perguntou Tor, quando Drogan e Leah voltaram. Eu tinha tomado um banho enquanto eles estavam fora, portanto, só tinha vestido a calça. Os meus pés estavam descalços no chão de madeira.

Drogan segurava as mãos de Leah e ela parecia bastante satisfeita e um pouco transtornada. O meu irmão acenou e eu senti uma sensação inquietante. Era como se a minha vida estivesse se ajeitando. Há uma semana, eu estava sozinho no Setor Dois. Agora, eu tinha dois irmãos que respeitava, uma parceira pela qual eu ansiava e uma criança a caminho.

— Em menos de quatro meses. — confirmou o Drogan.

Tor passou por mim e puxou o cabelo de Leah.

Embora o tivesse feito de forma gentil, a cabeça dela inclinou-se para trás para que ele pudesse beijar sua boca, e depois, olhar intensamente para ela. — Isso não significa que vamos ser menos brutos contigo.

Eu abordei-a, colocando a minha mão na sua barriga ainda lisa. — Ele está certo. No entanto, duvido que o banco de palmadas sirva para alguma coisa muito em breve.

Drogan riu. — Eu tenho certeza de que vai encontrar outras formas. — respondeu ele de forma seca.

— Vou testar uma delas agora mesmo.

Leah tentou dar um passo atrás, mas Tor continuou a agarrá-la. — Vai me bater agora? Por quê?

Eu vi a surpresa nos seus olhos, mas também vi o quão ávida estava. Ela não conseguia esconder o fato de que gostava do poder que exercíamos sobre ela. Gostava de levar palmadas, gostava da dor, gostava da sensação inebriante da submissão.

— Porque eu posso. — Eu dei um passo atrás. — O pau de Tor precisa da tua atenção, Leah.

O meu irmão largou-a e foi até uma das cadeiras de jantar. Ele tirou-a de perto da mesa, girou-a e sentou-se nela. Enquanto ele desabotoava a parte da frente da sua calça, ele afastou bastante os joelhos. Leah lambeu os lábios quando o pau dele saltou para fora e ele começou a acariciá-lo.

Eu inclinei o meu queixo na direção de Tor. — Chupa o pau dele, Leah.

Os olhos dela se arregalaram ao pensar naquilo e ela caminhou na direção dele. Enquanto ela se abaixava e se colocava de quatro no chão duro, ele abanou a cabeça. — Coloca as mãos aqui. — Tor bateu nas suas coxas duras.

Um pequeno franzir formou-se na sobrancelha dela, mas ela obedeceu, inclinando-se para frente e colocando as suas pequenas mãos onde eu mandei. Vim por trás e subi as suas saias, ajustando o material nas suas costas. Colocando um braço em volta da sua cintura, puxei-a para trás para que o traseiro dela estivesse totalmente inclinado para fora e a cabeça dela pairasse sobre o pau tenso de Tor. Com o seu polegar, Tor tirou uma gota de pré-sêmen e levou-a até os lábios de Leah. Ela chupou e gemeu.

Eu puxei a minha mão para trás e dei-lhe uma rápida palmada no traseiro. No mesmo instante, uma palma da mão rosa vivo apareceu. Ela gritou ao redor do polegar de Tor.

— Chupa o pau dele, Leah.

Tor liberou o seu polegar e agarrou a base do seu pau, segurando-a para que ela o tomasse. Abaixando a sua cabeça, ela abriu a sua boca e enrolou a sua língua ao redor da cabeça larga, depois, movimentou rapidamente a sua língua pelo anel enorme.

Juro que consegui sentir aquela língua pequenina e quente no meu próprio pau e gemi. Drogan ajoelhou-se ao lado dela e deslizou os seus dedos pelas dobras molhadas, brincando com elas. Ela gemeu. Enquanto ela ficava ali na lateral dele, consegui levar a minha mão abaixo novamente com um estalo audível. Não só foi extremamente intenso, mas o som também preencheu a sala.

— Engole o pau dele até o fundo, Leah. — ordenei.

De uma forma quase insaciável, ela dobrou os braços e abaixou a cabeça, engolindo o pau de Tor profundamente na boca. Quando Drogan puxou o dispositivo que estava no cu dela, algo que ela tinha adquirido durante o exame, ela gemeu novamente.

— Eu não vou durar muito tempo se ela continuar a fazer estes sons. — disse Tor, as mãos dele se emaranhavam nas tranças fogosas dela.

Quando Drogan puxou o dispositivo, nós dois observamos enquanto o cu dela continuava aberto para nós, mostrando que o dispositivo tinha funcionado bem e tinha-a esticado bastante. O corpo dela começou a tentar fechá-lo novamente e ao invés de permitirmos, Drogan deslizou o seu dedo escorregadio nela, para testar o treinamento.

— Podemos tomá-la hoje à noite. Gostaria disso, Leah? — Perguntou Drogan, começando lentamente a fodê-la com o seu dedo, indo cada vez mais fundo no seu cu. — Gostaria que isto fosse o pau de Lev ao invés do meu dedo?

Eu bati-lhe outra vez. — Drogan te fez uma pergunta.

Ela saiu do pau de Tor o suficiente para poder dizer: — Sim, por favor.

— Eu vou te bater até chupar Tor a ponto de o sêmen sair das bolas dele e o engolir. Como já tem o nosso bebê na tua barriga, agora, o sêmen dele pode ir por outro lado.

Eu comecei a bater, não com muita força, porque mesmo eu sabendo que não machucaria o nosso bebê, preferi ser cauteloso. Isto era mais sobre ela saber quem estava no comando do que algum tipo de punição. Porque embora ela chupasse o pau de Tor, eu estivesse batendo no traseiro dela e Drogan a fodendo o cu com os dedos, ela era aquela que tinha todo o poder. Ela foi a que nos uniu, era quem daria à luz ao futuro líder de Viken, a que governava os nossos corações.

O traseiro dela estava num tom de rosa bastante bonito e ela mexeu os quadris e se contorceu, recuando até o dedo de Drogan.

— Pode gozar, Leah. Pode gozar enquanto eu brinco com o teu cu.

A ligação que partilhávamos era incrível. Esta mulher; esta mulher linda, inteligente e ousada pertencia-nos. Compreendia-nos. Permitia que fizéssemos todas estas coisas indecentes e atrevidas com ela. E gozava para nós.

Tor não durou muito tempo – e eu não esperava que durasse, visto que nós parecíamos adolescentes excitados em volta dela – e, então, Leah gozou com força, a boca estava cheia do pau grosso dele enquanto o sêmen cobria a garganta dela e enchia a sua barriga. Ela cavalgou no dedo de Drogan e eu pude ver enquanto a excitação dela pingava por sua abertura.

Nós, agora, iríamos tomá-la, uma e outra vez, não para ter um novo governante, não por Viken, mas por nós. *Por ela.*

―――

Leah

Uma das coisas que descobri rapidamente sobre estar grávida era o fato de que aquilo era exaustivo. Fazer um bebê em nove meses – pelo que eu tinha ouvido – era cansativo, mas eu geraria uma criança durante quatro meses e aquilo sugava toda a minha energia. Percebi quando o doutor confirmou que eu estava grávida, que ele saberia o sexo da criança. Mas sendo um planeta estranho, pelo menos no que dizia às atividades do dia a dia, a raça Viken escolhia nunca descobrir o sexo de nenhuma criança antes do nascimento. Eu não sabia quais eram as leis de Viken e se uma mulher podia governar o planeta, portanto, eu estava preocupada com o sexo.

Os meus homens pareciam estar bastante felizes com o seu sêmen potente e com a sua virilidade, porque depois de eu chupar o pau de Tor, eles carregaram-me para a cama e foderam-me o dia todo. Pelo que parecia, o poder do sêmen não diminuía com a gravidez. Na verdade, eu estava mais ávida do que nunca. E os homens também continuavam, sobretudo, a brincar com o meu traseiro, garantindo que conseguiam os três me tomar de uma só vez. Eu sentia-me preparada para receber o pênis de Lev no meu cu, mas estava um pouco reticente quanto ao ser duplamente penetrada. Mas eles distraíram-me o suficiente, acordando-me das minhas pequenas sonecas ao tocar no meu corpo, observando enquanto, quase diante dos nossos olhos, os meus seios ficavam pesados e cheios, os meus mamilos ficavam mais largos e escuros e a minha barriga começava a formar uma pequena curva. Era quase uma loucura ver algo acontecer num ritmo tão desconhecido para mim.

Eles tinham planejado formar o nosso acasalamento após a nossa refeição da tarde, mas eu adormeci. A única coisa de que me lembrava era de me virar para o lado e sentir a essência pegajosa do sêmen combinado deles a tornar a parte interna da minha coxa escorregadia.

Não foram as mãos gentis e os lábios suaves no meu corpo que me despertaram, mas ao invés disso, mãos fortes agarraram-me e empurraram-me para o chão. Eu despertei totalmente ao atingir o chão de madeira com meu quadril, um corpo masculino enorme cobria-me.

— O quê? Drogan! — Gritei. Eu conseguia sentir o cheiro dele, um cheiro dentre três que para mim era bastante distinto, mesmo em meio à escuridão total.

— Fique quieta. — ele silvou no meu ouvido. O tom não era gentil, mas sim de ordem e eu fiquei quieta.

Eu ouvi um som de luta, um som de passos pesados movendo-se pelo chão de madeira. Não era só Tor e Lev, mas outros também.

— Encontrem-na e mantem-nos — disse uma voz. Estava uma escuridão profunda e ameaçadora.

Eu vi o reluzir cortante da espada de Drogan, segura pela mão que cruzava o meu corpo, servindo de escudo contra o mal para mim e para o bebê.

O som de carne atingindo carne, gemidos e o deslizar de metal fora da bainha preencheram o ar. Drogan empurrou-me ainda mais para baixo da cama, o seu corpo bloqueava o caminho até mim. A única forma de alguém chegar até mim era por Drogan ou rastejando até o canto da cama.

Eu vi sombras escuras de pernas a partir da minha nova posição, um par de pernas aproximando-se. Ouvi um grunhido, depois, um som doloroso e um chiar foi emitido, então, o corpo caiu no chão. Tudo o que eu conseguia ver era uma forma escura e entrei em pânico, pensando que poderia ser Lev ou Tor. Empurrando-me contra Drogan, tentei sair da cama para ajudar, mas ele não se mexia. Daí, comecei a oscilar pelo chão, por debaixo da cama para sair pelo outro lado, mas uma mão forte e indestrutível agarrou minha pélvis e manteve-me no lugar.

— Encontrem-na. — ouvi.

— Por que temos de trazê-la viva? Por que não matamos a todos simplesmente?

Contive a respiração ao ouvir a pergunta lógica e fria enquanto o meu coração acelerava, totalmente em pânico. Estes invasores queriam matar os meus parceiros e levar-me prisioneira? Por quê? E onde é que estava Tor e Lev? Será que estavam seguros? Será que eles estavam lá fora com uma adaga apontada contra os seus pescoços ou com uma flecha no seu peito? Fechei os meus olhos enquanto a dor passava por mim numa onda tão forte e preenchia com uma raiva que eu nunca acreditei que seria possível ter com esta intensidade depois de apenas alguns dias com os meus parceiros.

Mas eles eram meus. *Meus*. E eu não conseguia suportar a ideia de um deles ser morto.

— Eu preciso da criança. Encontrem-na. Matem os homens. Depois de ela me dar o que eu preciso, eu também cuidarei dela. Nenhuma mulher governará Viken. *Não* vai haver unificação alguma.

Eu também não ia governar Viken de uma maneira ou de outra! Do que é que este homem louco estava falando? Eu não entendia nada, mas consegui perceber tudo quanto a parte de morrer. Ele queria matar os meus parceiros, pegar o meu filho e matar-*me* depois de eu dar à luz.

Eu teria entrado em pânico, mas este traidor tinha que passar primeiro pelos meus parceiros e eu confiava neles, na sua força e no seu intelecto. Eles certamente conseguiriam ludibriar estes traidores? Eles tinham de fazê-lo. Eles não podiam me deixar. Agora não. Nunca. O meu coração não seria capaz de suportar a perda de um deles.

Ouvi mais luta, briga, homens grunhindo e dizendo palavrões. Fiquei tensa, mas a mão firme de Drogan mantinha-me sã enquanto ouvíamos os sons de luta e a porta bater contra a parede. Eu conseguia ver o céu luminoso através da porta que agora estava aberta e as pernas de um homem enquanto ele fugia.

Outro corpo caiu no chão a alguns metros de distância de mim. Eu desviei a cabeça ao olhar para aqueles olhos sem vida, com o sangue borbulhando para fora da sua boca e a lança atravessada no seu peito. Mordi o meu lábio e foquei-me no toque reconfortante da mão firme de Drogan no meu quadril e no seu aço frio pronto para matar qualquer pessoa que se aproximasse de nós.

Tentei não respirar, com medo de que o meu estremecimento fizesse com que percebessem que estávamos ali no meio do silêncio súbito que preencheu a cabana.

— Acerte nele, Lev! Não o deixe fugir. — Eu ouvi o rosnar rico e sombrio da voz de Tor e relaxei pela primeira vez sob as mãos firmes de Drogan. O alívio foi vertido pelo meu corpo enquanto eu percebia que os meus três parceiros não estavam feridos.

— Ele é meu. — rosnou Lev. Ouvi o assobio de uma flecha, depois, um grito de dor, uma batida enquanto o corpo do homem que corria atingia o chão duro.

— Boa pontaria. Está tudo livre, Drogan. Leah está segura? — As botas de Tor caminharam até a borda da cama e eu estendi os meus dedos trêmulos para envolver a minha mão em volta do seu tornozelo, grata por tocar nele, por saber que ele estava vivo e seguro.

Drogan deslizou pelo chão, empurrando-me e me

obrigando a largar de Tor, enquanto Drogan puxava-me para fora da cama. Ele levantou-se, depois pegou em mim e colocou-me de pé.

— Luz! — Berrou Drogan. — Acendam a merda da luz.

Ouvi passos, a sala iluminou-se mais do que a madrugada pálida e eu aproveitei a oportunidade para estudar os meus parceiros. Lev e Tor estavam respingados com sangue, mas fora isso, não estavam feridos. No entanto, os olhos deles estavam repletos de uma fúria silenciosa que eu nunca vi antes. Aquele fogo teria me assustado, mas eu sabia que era por minha causa. Aquela raiva feroz protegia-me e mantinha-me segura.

Drogan olhou para mim enquanto Tor se colocou ao meu lado, com uma respiração entrecortada. Ambos passaram as suas mãos por mim, mas foi Tor que exigiu que eu falasse. — Está ferida?

Eu não prestava a mínima atenção neles, mas estava à procura de Lev, cuja silhueta estava diante da porta. Eu queria todos os meus parceiros perto. Eu precisava sentir o toque deles, saber que eles estavam vivos, e que estavam bem e que eram meus. Lev deve ter sentido a minha carência porque caminhou até mim e passou a sua mão pela minha bochecha enquanto os outros dois continuavam a inspecionar-me à procura de feridas. Inclinei-me na direção da mão dele por um instante e os nossos olhares se cruzaram. Deixei que o meu anseio por ele, a minha confiança nele resplandecessem nos meus olhos. Eu não ia esconder nada, não destes homens com o seu amor feroz e mãos dominadoras.

Lev tocou nos meus lábios suavemente antes de se

afastar. Numa questão de instantes os seus passos longos levaram-no para fora da cabana e para a relva.

— Leah. — disse Tor, com uma voz insistente. — Está ferida?

Neguei com a cabeça. — Não. Não estou.

— E o bebê? — Perguntou Drogan, colocando uma mão sobre a minha barriga.

Eu coloquei a palma da minha mão sobre a dele e levei um instante para ouvir o meu corpo. — Está bem. Mas o que... o que aconteceu?

Lev chamou lá de fora e Tor pegou-me nos braços.

— Eu consigo andar. — resmunguei, mas descansei a minha bochecha no seu peito quente, grata por estar sendo segurada. A minha adrenalina parecia ter se dissipado e eu estava cansada.

Tor pisou num corpo e ele virou a minha cabeça para o seu peito, cobrindo o meu olhar com a sua mão firme. — Não olhe, Leah. — Não resisti, simplesmente relaxei nos seus braços e ouvi o bater constante do seu coração sob o meu ouvido. Uma sensação calorosa e de segurança assentou profundamente nos meus ossos. Eu nunca tinha sentido este nível de satisfação, nunca, em toda a minha vida antes de vir para cá, para Viken e para estes guerreiros que tinham me tomado como sua. Eu não tinha apenas um parceiro forte para me proteger e cuidar de mim. Eu tinha os três homens mais fortes do planeta. A noção do poder e da força deles derramou-se sobre mim e eu aquietei as minhas mãos sobre a minha barriga, verdadeiramente feliz pela primeira vez. Eu estava carregando o filho deles, uma criança fantástica e magnífica. E estes homens cuidariam de nós e protegeriam o meu bebê tão ferozmente quanto a mim.

Embora Tor tenha parado mesmo em frente à porta, Drogan passou e colocou-se ao lado de Lev. Na madrugada luminosa, eu conseguia ver o corpo no chão e uma flecha alojada na sua cabeça; era o médico.

Por que ele quereria matar os meus parceiros? Por que ele trairia o seu próprio povo?

Drogan

EU ERA UM GUERREIRO. Tinha visto a morte em primeira mão, quer de amigos ou de inimigos. Eu mesmo já tinha matado alguns homens. Certamente havia sangue nas minhas mãos e eu estava cansado e calejado por ter passado por tanto perigo. Ou, pelo menos, era o que eu pensava. Quando os homens irromperam pela nossa cabana adentro, com facas brilhando no luar duplo, o medo bombeou as minhas veias. Eu não estava preocupado comigo ou com os meus irmãos, só com Leah. Ela era inocente e pura, e carregava o nosso filho.

Eu a protegeria com a minha vida. E os meus irmãos também. E o fizemos. Mas houve outros que morreram. Agachando-me ao lado do primeiro homem, eu virei-o. Sangue escorria pelas pontas salientes da faca que Tor tinha usado para perfurar o seu coração. Tor não teria permitido que o homem vivesse, e ele nem achava que um homem deveria sofrer antes de morrer. A sua investida tinha sido exata, eficiente e rápida. O homem nem sequer percebeu. Havia mais dois como aquele e um terceiro com o pescoço partido.

Tudo aquilo tinha sido só Lev. Ele era mortífero com um arco, mas parecia ter algum orgulho feroz na sua capacidade de desfazer um homem em pedaços só com as mãos.

Segui Lev pela relva e até o homem que estava deitado e ofegante no chão. Reconheci os sons de dor, de medo. Ira. Ele virou de lado, depois, para cima para olhar para nós. Uma flecha estava alojada na sua lateral, por baixo das suas costelas. Ele não viveria por muito tempo, não por causa da ferida, porque essa era facilmente tratável num centro médico, mas porque eu o mataria assim que obtivéssemos as respostas que procurávamos. O doutor tinha ousado machucar Leah. Ele ia morrer.

— Por que fez isto? Para quem trabalha? — Perguntei.

Ele semicerrou os olhos. Suor cobria o seu rosto enquanto a sua mão agarrava a flecha no local onde perfurava o seu corpo, os seus dedos estavam cobertos de sangue.

Ele riu, mas a dor fazia com que o som fosse mordaz. — Só para aqueles que querem ver uma Viken melhor.

Lev inclinou a sua cabeça na direção da cabana. — Aqueles homens, eles estão mortos. Você vai morrer a seguir.

— A minha morte não significa nada.

— Então, a quem tenho de matar? — Perguntei, agachando-me ao lado do médico. O céu se iluminou rapidamente e o carmesim escuro do seu sangue fazia um contraste intenso contra a relva na qual ele estava esparramado.

— A mim. — Nós erguemos a cabeça para cima ao ouvir uma voz vinda do bosque.

Era Gyndar, o segundo em comando do regente. Ele

já não era manso ou silencioso ou fraco. Enquanto caminhava na nossa direção, vestido com o robe branco e flutuante usados pelos reis antigos, com uma arma explosiva bastante moderna apontada na nossa direção, tudo fez sentido. O plano do regente, o ataque a Viken Unida, o assassinato. Gyndar queria poder.

— Nos metemos no teu caminho, não foi? — Perguntei. Tentei permanecer calmo, impedir que as minhas mãos se tornassem punhos quando tudo o que eu queria era caminhar até o idiota e quebrar o pescoço dele. Lev certamente pensava o mesmo. Embora eu não estivesse surpreso por ver uma arma com ele, ela não se adequava à imagem que eu tinha dele na minha mente. Gyndar parecia ser mais o tipo de se esconder na cortina de fumaça, de colocar os outros para fazer o trabalho sujo por ele. Portanto, o doutor estava morrendo na relva enquanto Gyndar caminhava livremente.

— Eu só tinha de esperar que o velho morresse. — Ele encolheu de ombros, indiferente.

— Mas os planos mudaram.

Ele lançou um aceno seco. — Sim, os planos mudaram. Teria sido mais fácil se tivessem tomado uma noiva Viken, seria fácil colocar um setor contra os outros. Mas uma noiva emparelhada e a cooperação mútua de vocês? Isso estragou tudo.

Eu não sabia para onde Tor tinha levado Leah, mas esperava que fosse para muito, muito longe. Se Gyndar mostrava o seu rosto, isso significava que ele não estava sozinho. Certamente havia mais inimigos nos bosques. À espera.

— E depois, nós desaparecemos. — Nós precisávamos

manter a conversa com ele, dar a chance de Tor levar Leah em segurança.

— Certíssimo, mas eu tenho apoiadores em todo lado. — Gyndar olhou para baixo, para o médico ferido. — Em todo lado.

Portanto, os nossos planos de esconder Leah tinham funcionado até o exame médico. A nossa preocupação quanto à saúde da Leah foi o que lhe colocou em perigo. Completamente estúpido. Devíamos ter trazido o médico particular do meu setor. Eu confiava nele com a minha vida. Se tivéssemos sido mais cuidadosos não estaríamos nesta situação.

— Onde está sua parceira querida? Temo que ela tenha de vir comigo.

— Não. — disse Lev finalmente. — Nós vamos levar a nossa parceira para Viken Unida onde vamos governar em conjunto até que a nossa filha tenha idade suficiente para liderar.

Eu olhei para o meu irmão. Os seus olhos piscaram para os meus enquanto ele continuava a provocar os nossos inimigos. — O bebê é uma menina, não é, doutor? Um dos seus homens, antes de morrer, deixou escapar que não seria governado por uma mulher. Ele não se referia a Leah. Ele se referia à *única e verdadeira líder*.

Uma mulher. Nós íamos ter uma menina. Se ela se parecesse minimamente com Leah, nós três estávamos em apuros. Os meus punhos se cerraram agora. Como é que este homem ousava colocar tanto a minha parceira, quanto a minha *filha* em perigo?

Gyndar fez um gesto simples com os seus dedos e os homens que eu sabia que estavam escondidos saíram do bosque. Havia pelo menos dez deles, bem armados e preparados para matar-nos.

Gyndar acenou para um homem que deu dois passos à frente dos outros e que parecia ser o líder deles. — Mate-os e encontre a mulher. Eu preciso dela viva.

— Nos veremos no inferno. — rosnei, saltando na direção do homem que destruiria a minha família.

10

or

Eu TIVE de arrastar Leah para fora do cenário diante dos nossos olhos. Coloquei a minha mão sobre sua boca e arrastei-a para trás, o mais distante possível até a cobertura das árvores enquanto ela se debatia contra mim com todas as suas forças. Aparentemente, ser atirada para o chão e blindada por Drogan enquanto Lev e eu lutávamos contra os homens que tinham vindo para matá-la não tinha sido o suficiente para assustá-la. O meu coração inchou de orgulho ao ver o espírito feroz da nossa parceira mesmo quando eu sabia que tinha de arrastá-la para longe da batalha que estava prestes a acontecer.

Com facas cortando o ar, em conjunto com os punhos dos homens, não houve tempo para pensar nos detalhes de quem nos atacava na cabana ou por quê. Tudo ficou bastante claro quando se descobriu que o médico fazia parte do grupo. Só de pensar que um homem a quem se confiava a saúde e o bem-estar de tantas noivas tinha tentado matar a nossa parceira, enojava-me. Mas não me irritava tanto quanto saber que Gyndar queria roubar o nosso filho e matar-nos.

Agarrei-a pela cintura, a minha mão cobrindo-lhe a boca e eu levei-a o mais silenciosamente possível dando a volta pela lateral da nossa cabana, indo para dentro do bosque. Eu estava no modo guerreiro, mas isso não me impedia de me regozijar ao sentir a respiração dela contra a palma da minha mão, seu batimento cardíaco contra o meu antebraço e seu peso leve. Eles provavam que ela estava viva e bem. Eu estava habituado a lutar contra o inimigo – os dois homens que matei estavam deitados, mortos no chão da nossa cabana – mas, agora, eu tinha uma tarefa mais importante, manter Leah em segurança. Lev e Drogan lidariam com Gyndar. Eles poderiam focar naquela ameaça e confiar em mim quanto a manter a nossa parceira em segurança.

Quando cheguei à sombra fria das árvores, não a deitei no chão, só a levantei cuidadosamente até os meus braços e sussurrei no ouvido dela. Eu não sabia quantos homens Gyndar tinha trazido com ele, mas eu duvidava que ele tivesse revelado todos eles. Eu duvidava que tivéssemos matado sequer metade dos assassinos dele. — Fique em silêncio.

— Mas Drogan e Lev... — sussurrou ela, os olhos dela arregalaram-se e ficaram marcados por medo, não por ela, mas pelos meus irmãos.

O calor se espalhou pelo meu peito e isso não tinha nada a ver com luxúria e tudo a ver com a delicadeza, com a preocupação genuína que eu vi no olhar dela. Se ela amava os meus irmãos, então, certamente também havia lugar no coração dela para mim.

— Não discuta comigo. Tenha esperança, amor. Eles são guerreiros e não políticos pomposos que cresceram vestindo robes. — Sorri para ela, maravilhado com sua força de espírito. — Fique em silêncio. Eles confiam que eu vou manter-te em segurança, Leah. Não discuta.

Ela assentiu e não discutiu comigo novamente enquanto eu a mudava para uma posição mais confortável nos meus braços. Ela não gritou enquanto eu a carregava para longe e fiquei maravilhado pelo ar calmo do rosto lindo dela. Num minuto, ela estava dormindo entre nós, e no outro, ela estava sob ataque, descobrindo que o regente de Viken tinha sido assassinado por questões pessoais e políticas... e que ela era a próxima. Ela era verdadeiramente a *única* pessoa em Viken que podia arruinar os planos de Gyndar. Se meus irmãos e eu morrêssemos, a criança que ela carregava era o único obstáculo entre aquele homem e o poder. É claro que Drogan, Lev e eu podíamos unir forças e liderar, mas os vários setores não permaneceriam unidos como nós desejávamos – como o regente queria – sem um futuro líder que fosse a incorporação física de todos os três setores. A única e verdadeira herdeira.

A minha filha. A nossa filha.

Com Leah melhor ajustada em mim, consegui caminhar melhor sobre troncos de madeira caídos, pedras e cepos de árvore e virar na direção da borda da água. Lev não seria o único a distribuir palmadas nesta família. No que dizia respeito à segurança dela, ela tinha de obedecer. Não havia dúvida de que ela ouviria melhor quando o traseiro ficasse num tom rosa vivo.

O medo dela não era injustificado e eu estava preocupado com os meus irmãos. Eles estavam em menor número. Eu tinha visto Drogan quase atirar Gyndar para o chão quando levei Leah. Para os olhos inocentes dela, parecia que dois dos parceiros dela iriam certamente morrer. Embora eu não conhecesse os meus irmãos muito mais do que ela conhecia, eu sabia como eles tinham sido criados, sabia que eles sabiam lutar e o motivo pelo qual eles lutavam. Eles sobreviveriam e Gyndar seria aniquilado.

Entretanto, eu iria levá-la para Viken Unida, para um território neutro, para a casa que estava vazia à nossa espera.

Leah

Pelo que parecia, Tor era tão habilidoso no remo quanto o seu irmão. Eu fui colocada cuidadosamente num barco pequeno, um barco semelhante àquele no qual chegamos, e Tor levou-nos de volta para Viken Unida. Quando conseguimos chegar às águas livres e ele estava seguro de que não estávamos sendo seguidos, ele disse-me o nosso destino. Fiquei preocupada o tempo todo com Drogan e Lev, com a situação do médico e com ter visto Gyndar – o homem que reconheci quando fui transportada – numa perspectiva totalmente diferente. Ele já não era o segundo em comando. Ele não era uma mera marionete. Ele tinha o objetivo de roubar a minha criança e matar-me, eliminando todos nós.

No entanto, os meus parceiros estavam lidando com ele. Por mais preocupada que eu estivesse com eles, também estava bastante orgulhosa dos meus guerreiros. Eles eram os verdadeiros governantes de Viken, e quando se depararam com uma ameaça mortífera, uniram-se e lutaram como um. Por mim. Pelo nosso filho.

Embora Tor tivesse me assegurado do bem-estar dos seus irmãos, preocupei-me silenciosamente durante horas até que o stress do dia me levou à exaustão e eu adormeci. Eu não me lembrei de nada depois disso – o regresso a Viken Unida, ser carregada para o palácio dos pais de Tor ou ser colocada numa cama gigante. Acordei numa cama vazia, mas quando me sentei, vi Tor escrevendo numa enorme escrivaninha. Ele pôs o trabalho de lado e veio até mim. Embora eu estivesse totalmente despida, sentia-me como se estivesse vestida com roupas novas.

— Como se sente? — perguntou ele, passando as suas mãos pelo meu corpo. Embora o seu toque não fosse um toque sexual, não consegui evitar reagir. Os meus mamilos endureceram como rochas e a minha pele ficou quente.

— Melhor agora. Eu... eu estou preocupada com Lev e Drogan.

Ele colocou os meus cabelos longos por trás da minha orelha e olhou intensamente para os meus olhos. — Eles estão aqui, sãos e salvos.

Eu olhei por cima do ombro dele, mas eles não estavam no quarto.

Tor sorriu. — Estão tomando café e banho. Eles prometeram que viriam assim que...

A porta abriu-se, interrompendo Tor. Os meus outros homens entraram, limpos, sorridentes e inteiros.

Arrastei-me para fora da cama, despreocupada com a minha nudez e corri até eles. Lev carregou-me nos braços e apertou-me. Respirei o seu cheiro familiar enquanto Drogan vinha por trás de mim. Senti o seu corpo duro ao longo das minhas costas.

— Sentiu nossa falta, parceira?

— Vocês sabem que sim. — Senti um alívio enorme fluir pelo meu corpo ao ver que eles estavam bem e a salvo. — Gyndar?

— Já não tem que se preocupar com ele. — A voz de Drogan era um rosnar profundo ao meu ouvido. Eu girei e ele abraçou-me. — Hoje, mais tarde, iremos anunciar a todo o planeta que você é a nossa parceira e que carrega o legítimo herdeiro ao trono de Viken.

Eu sentia-me cética. — Só isso? Só têm de dizer às pessoas e elas vão acreditar? Será que não vão surgir mais incrédulos como Gyndar pelos setores?

Drogan afrouxou a mão e eu fiquei entre ele e Lev. Tor colocou-se ao meu lado e eu fiquei cercada. Resguardada. Protegida.

— Provavelmente. — disse Lev. — Esta é a casa dos nossos pais. A casa que sempre foi nossa e sempre esperou pelo nosso regresso. O Regente Bard estava certo. Nós três devíamos ter-nos juntado mais cedo para unificar o planeta.

— Os nossos pais morreram tentando unir os setores e, agora, é a nossa vez de fazer com que o planeta volte a ser o que era. Nós vamos parar de treinar os nossos homens para lutar uns contra os outros e enviá-los para lutar contra a Colmeia pela Aliança Interestelar, para proteger a todos. — Disse Drogan. — As nossas ações neste dia falarão muito mais alto do que quaisquer palavras. A traição de Gyndar será transmitida em todo o planeta em conjunto com a nossa mensagem. Ninguém ousará se opor a nós, visto que temos aliados leais nos setores, pessoas em quem confiamos. O planeta prosperará novamente, e tudo isto por tua causa, parceira.

Tor colocou a sua mão em volta da minha cintura para envolver a minha barriga ligeiramente arredondada. A nossa criança estava crescendo rapidamente. — Eles vão ver o teu corpo redondo com a nossa criança e saberão que falamos a verdade, e que esta criança, a nossa filha, será a nova governante quando for a hora, e que ela terá três poderosos líderes de setor para guiá-la e ensinar-lhe o que é certo.

— Vocês vão contar agora a todo Viken sobre a nossa filha? — Perguntei.

Os três homens negaram com a cabeça. — Agora não. Mais tarde.

— Primeiro, tem um castigo. — Tor me pegou e carregou-me até uma cadeira, a qual ele virou e moveu-me para que eu ficasse deitada sobre o colo dele.

Tentei balançar-me no colo dele, mas ele foi bastante insistente quanto a manter-me no lugar. A perna dele enganchou a minha e uma mão acariciou a minha barriga. — Isto poderá ser as últimas palmadas sobre o joelho durante algum tempo.

— Não preciso levar palmadas. — bufei.

— Eu te disse para ficar em silêncio e você falou enquanto fugíamos da cabana. A tua segurança é importantíssima e você se colocou em perigo.

— Eu estava preocupada com os meus homens!

Drogan e Lev se agacharam para ficarem ao nível do meu rosto. Lev colocou o meu cabelo por detrás da orelha.

— Fico muito satisfeito em ouvir as tuas palavras, Leah, mas Tor está certo. Nós confiamos a ele a tua vida e a tua desobediência fez com que fosse mais difícil para ele manter-te em segurança.

— Vai receber dez. — disse Tor, acariciando o meu traseiro com a sua mão.

— E, depois, vamos concluir o nosso acasalamento — acrescentou Drogan. — Não podemos dizer a todo Viken que somos uma família se a união não for oficial.

— E eu quero entrar por esse teu cu virgem adentro. — Enquanto Tor falava, ele deslizava um dedo sobre a minha vagina, para cima, circulando a minha entrada traseira. Com a minha excitação cobrindo o seu dedo, ele tocou com a ponta dentro de mim e eu comprimi-o. — Gosta da ideia, não? — perguntou ele, um segundo antes de ter trazido a sua outra palma para baixo, na curva do meu traseiro.

Sobressaltei-me, surpreendida por aquilo, mas não foi uma palmada muito dura.

— Conte, Leah. — disse ele.

— Um. — respondi, olhando para Drogan e Lev. — Eu só queria saber se estavam seguros. — disse-lhes.

Plaft.

Respirei fundo. Aquela foi mais forte. — Dois. — respondi com os dentes cerrados.

Os olhos de Drogan iluminaram com alguma coisa, não era calor, era mais do tipo amor. — Nós sabemos, mas é nosso dever te proteger. E é o *teu* dever proteger o nosso bebé.

Plaft.

O bebé. Céus, se eu tivesse sido apanhada ou ferida, o bebé também ficaria ferido. Eu só tinha pensado neles.

Não tinha pensado no que fizemos, na pessoa que estava crescendo dentro de mim. A menininha. — Peço desculpa.

— Nós não podemos cuidar dela tanto quanto você.— acrescentou Lev. Ele manteve a mão no meu rosto, envolvendo o meu queixo. O polegar acariciava a minha bochecha, limpando uma lágrima que escorria.

Plaft.

— Quatro. — Eu chorava. — Peço desculpa. — sussurrei. — Eu não pensei. Este bebê é... é algo tão novo. Eu não fazia ideia que teriam três homens com os quais me preocuparia tanto. Eu não sabia que teria um bebê dentro de mim.

Plaft.

— Então, isto te ajudará a lembrar da tua nova vida. — disse Tor. — Vamos em quanto?

— Cinco. — sussurrei.

Plaft.

— Isto servirá para te lembrar de que tem três homens que se preocupam contigo o suficiente para bater nesse traseiro quando precisar. Para te foder quando precisar. Para te amar.

— Sempre — acrescentou Drogan.

A ideia de ser amada por estes três homens fez as lágrimas caírem espontaneamente. Elas escorreram pelas minhas bochechas e para os dedos de Lev.

— Também amo vocês — disse, soluçando.

Tor atingiu-me uma e outra vez em várias partes do meu corpo, mas eu já não contei, só me deitei, murcha e chorando sobre o colo dele. Quando ele terminou, passou a sua mão sobre a minha pele quente e com formigamento enquanto Lev limpava as lágrimas das minhas bochechas.

— Terminei. — disse Drogan. — Permitir que cuidemos de você vai ser difícil, Leah, mas você *vai* conseguir. — Ele foi taxativo quanto àquilo.

— Mesmo Gyndar não estando mais aqui, isso não significa que não haverá outras ameaças, outros perigos. Você formará a vida da nossa filha enquanto nós cuidamos de vocês.

Ele e Lev olharam para mim com uma estima tão grande que eu tive que sorrir, embora fosse um sorriso lacrimoso. Os três teriam que me manter segura *e* governar o mundo. Eles podiam fazer tudo... exceto um bebê. E agora, esse era o meu dever sagrado para com esta família. Uma filha.

Algo de poderoso e selvagem ganhou vida no meu coração e eu soube que até aquele momento, a minha filha não tinha sido real para mim. Agora ela era, e eu amava-a e queria protegê-la ferozmente de uma forma que nunca tinha experimentado antes, nem mesmo com os meus homens. Isto era diferente. Esta criança era minha e eu era deles. Eu morreria por ela, eu mataria por ela e faria qualquer coisa que tivesse que fazer para me certificar de que ela cresceria saudável e feliz.

— Muito bem. Eu concordo. Não vou discutir novamente com vocês. A nossa filha deve ser protegida.

— Boa menina, Leah. — A mão de Tor deslizou para baixo, para a minha boceta. — Ela está encharcada.

Um rosnar se seguiu enquanto ele me levantava e carregava até a cama. Eu não tive a chance de ver se os outros estavam seguindo-o, pois ele me beijou, de forma doce, carnal e sombria. A língua dele deslizou para dentro da minha boca para se enrolar na minha, e o enorme peso dele, embora a maior parte ele mantivesse afastado de mim com o seu antebraço, parecia um casulo de proteção extremamente seguro. Eu estava segura. Era desejada. Era amada.

Tor parou de me beijar e sentou-se nos seus quadris. Os outros homens estavam despindo as suas roupas, deixando-as cair no chão.

— Ficaremos aqui, Leah, na casa, contigo, durante o resto das nossas vidas. — disse Tor, as mãos dele acariciavam o meu corpo, como se o estivessem estudando pela primeira vez.

— Aqui? — Perguntei.

Drogan assentiu enquanto passava a camisa sobre a cabeça, dando-me a vista perfeita de sua barriga lisinha, cheia de abdominais durinhos e uma cintura estreita. — Nós vamos governar aqui. Contigo. Com a nossa filha.

— Irmãos, primeiramente vamos torná-la nossa. — Lev foi o primeiro a ficar nu e enquanto Tor se afastava de mim para despir as suas próprias roupas, Lev vinha para o lugar dele. — Vamos preparar-te para nós.

Inclinando-se para baixo, ele tomou um mamilo empinado com a sua boca e chupou-o. — Em breve, vamos tomar leite daqui. Provar a tua essência. Assim como nós te demos a nossa semente, você vai nos dar isto.

Eu não fazia a mínima ideia de por que pensar em ter os meus homens chupando o leite dos meus seios inchados me deixava excitada, mas deixava. Talvez fosse o fato de ver a cabeça de Lev ali, sentir a sua língua molhada lambendo-me, sentir o puxão da sua boca.

Finalmente, Lev levantou a sua boca do meu mamilo para explorar o lado suave do meu seio, Tor estava na transversal a ele e Drogan, instalado entre as minhas coxas. Os três tinham as suas mãos em mim, acariciando-me, afagando-me e aprendendo.

Levantei a minha mão para tocar neles, tocar no cabelo sedoso de Lev e Tor, nos músculos fortes dos seus braços, nas suas laterais suaves.

— Este é o melhor lugar onde podia estar, Leah. Entre nós. — disse Drogan, olhando-me nos olhos desde o local onde ele estava, entre as minhas coxas. A sua respiração quente aquecia a minha carne inchada e molhada. Enquanto eu arqueava meus quadris, ele sorriu.

— Somos insaciáveis, não somos? — Só então ele abaixou a sua cabeça e tomou-me com a sua boca. Provou-me, lambendo cada gota de excitação das minhas dobras inchadas, depois, circulou o meu clítoris com carícias bastante suaves e cuidadosas. Quando ele deslizou dois dedos para dentro de mim enquanto mexia no meu clítoris, eu gozei. Antes de conhecer os meus parceiros, eu só conseguia gozar ao tocar-me. Agora, eu não conseguia *não* gozar. Eu estava tão sensível, tão excessivamente ciente deles que estava tendo orgasmos múltiplos. Enquanto tentava recuperar o fôlego, sem dúvida nenhuma, eu não me queixava.

— Irmãos, ela está pronta. — rosnou Drogan.

Eles moveram-se rapidamente, virando-se e movendo-me como se eu não pesasse nada. Lev deitou de costas numa almofada. Os outros dois levantaram-me e colocaram-me diante dele, com as minhas pernas montando-o. Agarrando firmemente no seu pênis, Lev abaixou-me e colocou-me sobre ele, ávido, mas um centímetro de cada vez. Ele levantou-me e abaixou-me algumas vezes até eu me sentar completamente, com as minhas coxas descansando nas dele.

Eu estava tão cheia que gemi. — Você é *tão* gostoso. — murmurei. Os meus olhos cerraram-se e coloquei as palmas das mãos sobre o peito dele, regozijando-me naquela sensação.

— Então, isto vai ser ainda melhor. — disse Tor, movendo-se atrás de mim. Ele beijou o meu pescoço, mordendo a curva do meu ombro. — Deite-se sobre o peito do Lev. Isso mesmo. Boa menina.

Os homens murmuraram para mim enquanto me ajudavam a me ajustar em cima de Lev, os meus joelhos dobraram-se e os meus seios pressionaram contra os pelos encaracolados e suaves do peito de Lev.

Eu senti um deslizar de um líquido frio escorregando dentro da minha entrada traseira. Os dedos de Tor acariciaram com muita suavidade aquela entrada bem treinada, depois, foram empurrados lentamente para dentro. Fiquei grata por ter passado uma semana com os dispositivos, embora na ocasião não tivesse gostado deles. Eu não fazia ideia do quão sensível eu era ali, da quantidade de terminações nervosas que tinham sido despertadas. Cada vez que o dedo de Tor – ou um dos vários dispositivos – deslizavam para dentro da carne suave, a minha excitação e o meu desejo aumentavam ainda mais. Eu podia gozar ao brincarem com o meu ânus, mas não sei se sobreviveria tendo um pênis enfiado ali. Seria demais, muito grande, muito... íntimo.

O que eu partilhava com os meus homens era o mais próximo que eu alguma vez tinha estado de alguém. Todos os cuidados deles só tornavam a nossa ligação ainda mais intensa. Isto... isto seria intenso. Este acasalamento. Eu estava quase assustada com a intensidade crescente disto.

— Rápido, Tor. A boceta dela está boa demais para que eu consiga aguentar. — A voz de Lev era aguda, como se ele estivesse se segurando com muita dificuldade. Ao levantar a minha cabeça, pude ver as linhas tensas do seu pescoço, a forma como o seu queixo estava bastante comprimido. Eu conseguia ver as gotas de suor na sua testa, o esforço que ele fazia para se aguentar. O seu pênis estava descansado dentro de mim, sem se mexer.

— E eu estou doido para entrar na sua boca. — rosnou Drogan enquanto acariciava o seu pênis. Eu vi uma gota de pré-sêmen escorregar pela sua ponta e deslizar sobre os seus dedos.

Tor se afastou do meu traseiro lambuzado e eu senti-me vazia, mas só por um instante, visto que a ponta do seu pênis escorregadio fez força para entrar.

— Respire, Leah. — disse Tor, a voz dele soava perto do meu ouvido. Uma mão desceu pela lateral da cama ao lado do ombro de Lev, as veias salientes percorriam os seus antebraços como se fossem cordas. A outra estava sobre o meu traseiro ardente e empurrada para fora, abrindo-me para ele ainda mais.

Respirando fundo, eu deixei tudo sair, permitindo que Tor me empurrasse para frente. Mesmo com todos os dispositivos e tendo apenas o seu dedo colocando lubrificante dentro de mim, o meu corpo lutava contra esta nova intrusão. A sua coroa enorme era maior do que qualquer um dos dispositivos e eu resistia. A mão de Tor se levantou, e desceu numa palmada forte.

— Deixe-me entrar. — disse ele.

Arfei e comprimi a minha bunda, o que apertou ainda mais o pênis de Lev na minha vagina.

— Ela está estrangulando-me para caralho. — rosnou Lev.

— Então, ela precisa me deixar entrar ou então você goza e teremos que recomeçar.

— Daí, ela será castigada. — prometeu Lev.

Era difícil ficar chateada tendo o pênis de Lev dentro de mim. — Você me castigaria por isto?

— Não negue nada aos teus parceiros, Leah, incluindo esse teu cu virgem. — Disse Lev. — Recua e deixe-o te foder e preencher o teu cu com a sua semente. *Agora*.

O olhar severo no seu rosto e o tom de voz sombrio fizeram-me estremecer de prazer, mas também fiquei temerosa quanto ao castigo que ele poderia administrar. Eu *queria* deixar Tor foder o meu cu, mas era difícil.

Olhei para Drogan, que me oferecia um leve aceno, depois, desci a minha bochecha para cima do ombro de Lev, levantei os meus quadris um pouco e recuei. Enquanto Tor entrava pouco e pouco, continuei oferecendo o meu traseiro, inclinando-o na direção dele, apresentando o último vestígio de mim que ainda não tinha partilhado.

Respirei enquanto era esticada, aberta, o seu pau pressionou até eu sentir um estouro e ele estava dentro. Só a cabeça enorme, mas estava dentro. Eu gemi, sentindo não só o pênis de Lev agora, mas também o de Tor. Dentro de mim. Abrindo-me. Esticando-me. Preenchendo-me.

— Estou dentro. — rosnou Tor.

— Agora é a minha vez. — Drogan aproximou-se de mim. — Para cima, Leah.

Levantei a minha cabeça, apoiei-me nos meus antebraços para que o seu pénis estivesse mesmo diante da minha boca. O anel era grande e brilhante, o pequeno buraco no meio fazia escorrer mais e mais pré-sêmen. A cor do seu pênis era de um ameixa escura, veias violentas pulsavam ao redor do seu pau enorme. O seu cheiro almiscarado era carnal e eu lambi os meus lábios, ansiosa por prová-lo.

Céus, ele ia gozar na minha boca. A última vez que isso aconteceu, eu gozei, com força e gritando de prazer. O mesmo aconteceu cada vez que eles foderam a minha boceta. Eu não podia *não* gozar por causa do sêmen deles, Deus, o sêmen deles era tão... maravilhoso. Eu ansiava por ele. O meu corpo precisava dele. O que aconteceria quando eu tivesse os três dentro de mim ao mesmo tempo?

O meu corpo ficou mole só de pensar naquilo.

— Ela ficou tão molhada. Está na hora de se mexerem. — ordenou Lev.

Drogan se aproximou e abriu a minha boca para o seu pênis. Eu não lambi a cabeça, não brinquei com o anel. Abri para ele, que se empurrou para dentro de mim até o seu pênis bater contra a parte de trás da minha garganta. Nesta última semana, o meu reflexo de vômito tinha diminuído e eu tinha aprendido a respirar pelo nariz. Eu conseguia provar o seu pré-sêmen com a minha língua, sentir a forma como aquilo me excitava, deixava-me mais ávida por eles.

Enquanto Drogan começava a foder lentamente a minha boca com o seu pau túrgido, Tor continuou a entrar pouco a pouco no meu cu. Por baixo de mim, Lev recuava enquanto ele o fazia, depois trocavam – um pênis deslizando para dentro do meu cu enquanto a minha vagina era esvaziada, depois trocavam.

Senti os quadris de Tor pressionar contra o meu traseiro enquanto ele ia até o fundo de mim. O rosnar deles se misturava com os meus gemidos de prazer. Eu não conseguia manter os meus olhos abertos. Não conseguia fazer nada além de ceder ao que eles me faziam. Eu era a pessoa, a mulher que era tomada por todos eles em todos os meus buracos. De uma só vez. Eu era a única pessoa que conseguia ligá-los desta forma, torná-los todos um só, unidos.

O bebê na minha barriga era o culminar desta ligação, uma prova física de que os meus homens me queriam, e só a mim, de que esta ligação era o emparelhamento perfeito.

Tentei gritar ao redor do pênis de Drogan, mas o meu grito foi abafado. Eles usaram-me, os três. Eles não me deram descanso algum, não que eu quisesse. Eu conseguia sentir o pré-sêmen deles cobrindo as minhas paredes internas. O meu cu, a minha boceta, a minha boca. Eu estava perdida, jogada e excitada.

— Estou pronto. — rosnou um.

— Agora. — disse o outro. Eu não conseguia discernir quem era quem. Eu não queria saber. Não importava. Eles eram um. *Nós* éramos um.

— Sim. — disse o terceiro.

Assim, eles se movimentaram mais rápido e com mais força, uma, duas e depois entraram em mim ao mesmo tempo. Um pênis enfiado na minha boceta. O outro, na minha boca. E o outro no meu cu. Os três pênis pulsando os seus orgasmos, o sêmen espesso e quente sendo bombeado de todos eles e cobrindo cada pedaço das minhas aberturas, escaldando e marcando-me para que eu gozasse. Eu não conseguia gritar, não conseguia me mexer. Nem sequer conseguia pensar. Senti a ligação entre nós, senti o prazer deles misturado com o meu. Engoli o sêmen de Drogan, traguei e traguei deliciosamente antes de ele o tirar para fora. Senti o excesso escorrer em volta do pênis de Lev, pingando da minha vagina. Dentro do meu cu, senti o pênis de Tor jorrar. O meu cu era deles e eu imploraria para que me tomassem ali de agora em diante. Era tão potente, tão real, que eu quase perdi a consciência, só conseguindo voltar a mim mesma quando Drogan retirou o seu pênis da minha boca e utilizou o seu polegar para limpar os cantos dos meus lábios.

Ele o deu para mim e eu o lambi, limpando-o.

Tor saiu cuidadosamente de mim e Lev fez o mesmo a seguir. Eu agora estava vazia, no entanto, estava caída sobre o corpo de Lev, a ligação permaneceu. Tor parou num lado e Drogan no outro.

— Temos de fazer o anúncio agora? — Perguntei, com uma voz arrastada devido ao cansaço.

— Em breve, mas primeiro quero regozijar-me com a nossa ligação. Consigo sentir o acasalamento, também consegue ? — Perguntou Drogan.

Eu conseguia. Eu *os sentia*. Assenti contra o peito de Lev. A mão dele acariciava as minhas costas suadas.

— O que quer que o futuro traga, nós enfrentaremos isso juntos. O que quer que a nossa filha precise, estaremos preparados para lhe dar. Viken voltará a se juntar, a se unir, tal como nós. — acrescentou Tor.

Eu sorri com malícia. — Não *totalmente* como nós. — Não pude evitar corar, ainda envergonhada pela minha paixão descarada por estes homens, mesmo depois do que tínhamos feito.

— Você nos uniu, Leah. É a pessoa que vai salvar Viken. — disse-me Drogan. Os outros homens murmuraram, concordando.

— Eu gosto disso, gosto de saber que ajudei. — Mordi o lábio.

— Mas? — Perguntou Tor, sabendo que eu pensava em mais coisas.

— Mas será que podemos juntar-nos como fizemos... outra vez?

Tor levantou-me do peito de Lev e colocou-me sobre o dele. Ele sorriu para mim. — Gosta quando te tomamos ao mesmo tempo?

Assenti timidamente.

Ele deu a volta e acariciou a minha vagina, depois o meu traseiro, ambos escorregadios com o sêmen. — Está dolorida?

— E a bebê? — Acrescentou Drogan.

— Não estou dolorida e a bebê está ótima. Mais, homens, mais. — implorei.

— O prazer é todo nosso. — disse Tor.

— Sim. — acrescentou Drogan. — O prazer é todo nosso.

E eles mostraram-me novamente o quão unidos nós podíamos ser.

Dê uma olhada na próxima aventura de Programa Interestelar de Noivas!

Levada pelos seus parceiros – Livro 5

Depois de ser vítima de uma armadilha e ter sido considerada culpada por um crime que não cometeu, Jessica Smith se voluntaria para o Programa Interestelar de Noivas para evitar uma pena de prisão perpétua. Ela é atribuída a um príncipe, o herdeiro do trono do poderoso planeta Prillon, mas o futuro dela toma um rumo incerto quando o emparelhamento é rejeitado.

Quando o seu próprio pai procura bani-lo e negar-lhe o direito de ter uma parceira, o Príncipe Nial decide tomar providências. Acompanhado por um guerreiro experiente, que se voluntaria para ser o seu segundo, ele se prepara para ir à Terra tomar posse do que lhe pertence, mas ao chegar lá, ele descobre que a Colmeia está à caça de sua parceira.

Nial e seu segundo, Ander, precisam fazer com que Jessica aceite a reivindicação deles o quanto antes para poderem lutar pelo direito ao trono dele em Prillon, antes que um massacre desnecessário aconteça. Jessica se mostra ser a parceira perfeita, mas será que ela se renderá de corpo e alma a dois guerreiros considerados não merecedores de glória, atenção e amor?

LIVROS POR GRACE GOODWIN

Programa Interestelar de Noivas

Dominada pelos Alfas
Alfa Escolhido
Unida aos Guerreiros
Reivindicada Pelos Alfas
Levada pelos seus parceiros
Unida com a Fera
Fera Domada
O Trio Viken

ALSO BY GRACE GOODWIN

Starfighter Training Academy

The First Starfighter

Starfighter Command

Elite Starfighter

Interstellar Brides® Program: The Beasts

Bachelor Beast

Maid for the Beast

Beauty and the Beast

The Beasts Boxed Set

Interstellar Brides® Program

Assigned a Mate

Mated to the Warriors

Claimed by Her Mates

Taken by Her Mates

Mated to the Beast

Mastered by Her Mates

Tamed by the Beast

Mated to the Vikens

Her Mate's Secret Baby

Mating Fever

Her Viken Mates

Fighting For Their Mate

Her Rogue Mates

Claimed By The Vikens

The Commanders' Mate

Matched and Mated

Hunted

Viken Command

The Rebel and the Rogue

Rebel Mate

Surprise Mates

Interstellar Brides® Program Boxed Set - Books 6-8

Interstellar Brides® Program: The Colony

Surrender to the Cyborgs

Mated to the Cyborgs

Cyborg Seduction

Her Cyborg Beast

Cyborg Fever

Rogue Cyborg

Cyborg's Secret Baby

Her Cyborg Warriors

The Colony Boxed Set 1

The Colony Boxed Set 2

Interstellar Brides® Program: The Virgins

The Alien's Mate

His Virgin Mate

Claiming His Virgin

His Virgin Bride

His Virgin Princess

The Virgins - Complete Boxed Set

Interstellar Brides® Program: Ascension Saga

Ascension Saga, book 1

Ascension Saga, book 2

Ascension Saga, book 3

Trinity: Ascension Saga - Volume 1

Ascension Saga, book 4

Ascension Saga, book 5

Ascension Saga, book 6

Faith: Ascension Saga - Volume 2

Ascension Saga, book 7

Ascension Saga, book 8

Ascension Saga, book 9

Destiny: Ascension Saga - Volume 3

Other Books

Their Conquered Bride

Wild Wolf Claiming: A Howl's Romance

JUNTE-SE À BRIGADA DE FICÇÃO CIENTÍFICA

Está interessado em se juntar ao time Não-tão-Secreto-Sci-Fi (not-so-secret Sci-Fi Squad)? Receba trechos de livros, divulgações de capas e notícias antes de qualquer outra pessoa. Faça parte do grupo fechado do Facebook, no qual são partilhadas imagens e notícias divertidas.

JUNTE-SE aqui: http://bit.ly/SciFiSquad

Todos os livros de Grace podem ser lidos como romances independentes, portanto, não tenha medo de mergulhar numa das suas aventuras sensuais. Os seus finais felizes estão sempre livres de traições porque ela escreve sobre machos Alfa e não sobre idiotas Alfa. (Isto vocês conseguem perceber). Mas tenham cuidado... Porque ela gosta de heróis sedutores e gosta ainda mais de cenas de amor. Foram avisados...

CONTACTE A GRACE GOODWIN

Boletim Português:
http://ksapublishers.com/s/11i

Página Web:
https://gracegoodwin.com

Facebook:
https://www.facebook.com/gracegoodwinauthor/

Twitter:
https://twitter.com/luvgracegoodwin

Instagram:
https://instagram.com/grace_goodwin_author

Não perca nada! Inscreva-se em
http://ksapublishers.com/s/11i
para estar na lista VIP de leitores da Grace.

SOBRE A AUTORA

Grace Goodwin é uma autora internacional de bestsellers de romance de Ficção Científica e Paranormal. Acredita que todas as mulheres devem ser tratadas como princesas, dentro e fora de quatro paredes, e escreve romances nos quais os homens sabem como fazer a mulher sentir-se mimada, protegida e muito bem tratada. Detesta neve, adora montanhas (sim, o problema é mesmo esse) e gostaria de poder simplesmente fazer o download de todas as histórias que estão na sua cabeça ao invés de ser obrigada a escrevê-las. A autora vive no lado oeste dos Estados Unidos e é escritora em tempo integral, uma leitora ávida de romances e assumidamente viciada em café.

Boletim Português:
http://ksapublishers.com/s/11i

Newsletter:
http://bit.ly/GraceGoodwin

Página Web:
https://gracegoodwin.com

www.ingramcontent.com/pod-product-compliance
Lightning Source LLC
LaVergne TN
LVHW011820060526
838200LV00053B/3844